L'EXÉCUTEUR

LE COMPLOT CANADIEN

DU MÊME AUTEUR

CHEZ LE MÊME ÉDITEUR

L'EXÉCUTEUR : GUERRE À LA MAFIA
L'EXÉCUTEUR : MASSACRE À BEVERLY HILLS
L'EXÉCUTEUR : LE MASQUE DE COMBAT
L'EXÉCUTEUR : TYPHON SUR MIAMI
L'EXÉCUTEUR : OPÉRATION RIVIERA
L'EXÉCUTEUR : ASSAUT SUR SOHO
L'EXÉCUTEUR : CAUCHEMAR À NEW YORK
L'EXÉCUTEUR : CARNAGE À CHICAGO
L'EXÉCUTEUR : VIOLENCE À VEGAS
L'EXÉCUTEUR : CHÂTIMENT AUX CARAÏBES
L'EXÉCUTEUR : FUSILLADE À SAN FRANCISCO
L'EXÉCUTEUR : LE BLITZ DE BOSTON
L'EXÉCUTEUR : LA PRISE DE WASHINGTON
L'EXÉCUTEUR : LE SIÈGE DE SAN DIEGO
L'EXÉCUTEUR : PANIQUE À PHILADELPHIE
L'EXÉCUTEUR : LE TOCSIN SICILIEN
L'EXÉCUTEUR : LE SANG APPELLE LE SANG
L'EXÉCUTEUR : TEMPÊTE AU TEXAS
L'EXÉCUTEUR : DÉBÂCLE À DÉTROIT
L'EXÉCUTEUR : LE NIVELLEMENT DE NEW ORLÉANS
L'EXÉCUTEUR : SURVIE À SEATTLE
L'EXÉCUTEUR : L'ENFER HAWAIIEN
L'EXÉCUTEUR : LE SAC DE SAINT LOUIS

DON PENDLETON

L'EXÉCUTEUR

LE COMPLOT CANADIEN

TRADUIT DE L'AMÉRICAIN
PAR MIKE MARSHALL

PLON

Titre original américain :

N° 24 THE EXECUTIONER : CANADIAN CRISIS

Published by arrangement with PINNACLE BOOKS, INC.
275 MADISON AVENUE, NEW YORK.
NY 10016 U.S.A.

Édition originale : ISBN : 0 - 523 - 00779 - 5
ISBN : 2 - 259 - 00475 - X

CHAPITRE PREMIER

Une rutilante caravane G.M.C. entra doucement dans le parking d'un restaurant au nord de la ville de Buffalo dans l'État de New York, et vint s'immobiliser près de la porte de service, à l'arrière de l'établissement. Les douze coups de minuit venaient à peine de sonner à la radio; le parking était à moitié rempli. Les décibels d'un ensemble musical s'échappaient du bar-dancing du restaurant et se volatilisaient doucement dans la brume vaporeuse de la nuit.

Deux hommes sortirent de l'ombre, près de la porte de service, et fixèrent la caravane immobile d'un œil insistant — de gros hommes trapus, la mine patibulaire, l'aspect inquiétant. Des torpilles.

En général, lorsqu'on voit des types pareils dans un coin isolé, on se retourne sans insister puis on rebrousse chemin.

Mais le conducteur de la caravane fit

exactement le contraire. Sans laisser aux deux torpilles une seconde pour réfléchir, il quitta lestement son véhicule, traversa les quelques mètres qui les séparaient comme une ombre maléfique.

Enfin les deux hommes réagirent avec des gestes rapides, précis et coordonnés. Ils auraient tué n'importe quel homme sans difficulté. Chacun fit un pas de côté en dégainant son pistolet de gros calibre pour aligner la silhouette de l'intrus en un seul mouvement coulé.

Pourtant, l'homme qu'ils visaient était un être peu commun. Vêtu d'une combinaison de combat noire qui lui collait à la peau comme une extension de sa propre chair, il se déplaçait avec la rapidité et la grâce d'un grand félin. Sans ralentir sa course, il tendit son arme noire de laquelle jaillirent presque simultanément deux petites flammes rouges. Un tir instinctif, irréfléchi; un acte automatique dont le résultat fut la mort immédiate de « Ponies » Latta et Harry le Corbillard — deux personnages dont on disait dans le Milieu, « des mauvais »... Le visage déchiqueté, la main inerte, le revolver muet, les deux terreurs de Buffalo tombèrent à la renverse en émettant un grognement final qui se transforma en râle.

L'homme en noir continua son chemin sans ralentir. Enjambant les deux cadavres, il défonça la porte de service d'un magistral coup de pied, entra dans un couloir obscur, passa devant une porte, poursuivit sa progression et pila enfin devant un rideau. L'écartant un peu, il put ainsi regarder dans le bar qu'il dominait de sa position.

Le barman faisait tout seul une partie de dés, deux clients aux yeux mi-clos le regardaient d'un air endormi. Trois serveuses peu farouches s'occupaient des consommateurs posant les verres qu'on leur commandait, sur les tables mouillées. Un trio de musiciens vêtus en cowboys de pacotille accompagnait les ondulations saccadées d'une jolie gamine en cache-sexe qui s'évertuait à faire s'entre-choquer ses seins.

Les serveuses et la danseuse étaient les seules femmes de la boîte.

Un éclair satisfait illumina brièvement le regard glacial de l'homme en noir qui se détourna de la scène pour aller remplir sa mission. Il frappa deux fois à la porte close puis entra sans plus attendre.

Robert « Naturals » Gramelli était assis derrière un bureau vétuste, le dos au mur. Gramelli était le patron de Buffalo, quoiqu'il ne détînt aucun poste à l'Hôtel de ville. Il était entouré de ses *caporegimi* — ses lieutenants — Ben Mazzo et Charley Cantillo. Un quatrième personnage se trouvait au fond de la pièce. Assis sur une chaise, les bras croisés, il souriait d'un air affecté.

Seul Gramelli tourna la tête vers l'intrus. Sa bouche s'entrouvrit, ses yeux parurent sauter de leurs orbites. La dernière chose qu'il vit était un grand type en noir sur le pas de la porte, qui tirait depuis la hanche avec une arme noire qui ne faisait pas de bruit. Il eut seulement conscience d'une flammèche orange, puis le projectile vint frapper entre ses yeux. Et il cessa de voir.

Mazzo et Cantillo n'eurent guère le temps d'apprécier à sa juste valeur la rapidité du tir qui avait occis leur chef, vu qu'ils subirent un sort identique à quelques dixièmes de seconde près. Le jeune homme souriant qui se tenait sur la chaise, n'abandonna pas son sourire, leva les yeux, fixa l'homme en noir qui toujours immobile à l'entrée du bureau.

— Mack Bolan, dit-il.

Seules ses lèvres bougèrent.

— C'est vous Chebleu? demanda d'une voix de glace l'homme en noir.

— Oui.

— Partons.

— C'est pour moi que vous êtes venu?

— En tout cas je ne suis pas venu pour eux, répondit la voix arctique.

Son regard méprisant se posa une seconde sur les trois cadavres étalés au fond du bureau. Il sortit une médaille de tireur d'élite de sa poche et la jeta près des morts.

— Partons, dit-il une seconde fois.

André Chebleu, dont le visage lui rappelait celui d'un autre qui n'était plus qu'un souvenir aimé mais pénible pour Bolan, se leva lentement et suivit l'Exécuteur.

— Vous lui ressemblez, dit doucement Bolan.

— Et grâce à vous j'aurai sûrement droit au même sort, répondit le Canadien.

— Peu importe, soupira Bolan, votre couverture était foutue. On allait vous supprimer ce soir.

— Comment le savez-vous?

Bolan montra la caravane au frère de Georgette Chebleu.

— Je vais vous montrer, André. Ensuite vous allez me rendre la pareille.

Le doux sourire de Chebleu disparut lorsqu'il dut enjamber les deux cadavres dans le parking. Il pressa le pas.

— Qu'est-ce que je pourrais bien vous montrer? demanda-t-il en montant dans la caravane.

De nouveau il souriait avec son expression douce, mais ses yeux brillaient d'inquiétude.

— Un petit coin de Paradis de l'autre côté de la frontière, répondit Bolan. C'est là où nous allons.

— Maintenant?

— Maintenant, dit l'Exécuteur d'une voix sans réplique.

CHAPITRE II

La caravane était un prodige de technicité, conçue et installée par deux ingénieurs de la N.A.S.A. Elle comportait tous les systèmes de détection et de combat électroniques connus actuellement. Elle servait de domicile et de Q.G. à Mack Bolan. Confort et efficacité. Elle lui permettait de se renseigner sur l'ennemi puis de l'anéantir. Elle lui servait de transport, d'arsenal et de forteresse ambulante. Elle était faite à l'image même de Mack Bolan.

Les systèmes optiques lui donnaient la vue d'un aigle le jour, celle d'un hibou la nuit, et la faculté de manœuvrer comme une chauve-souris dans le noir absolu. Les micros directionnels du système d'écoute lui permettaient d'entendre la respiration d'un être à plus de mille mètres de distance de la caravane — en terrain découvert. Il pouvait émettre sur n'importe quelle fréquence et recevoir toutes les émissions de la police ou de l'armée. Il pouvait activer à distance ses micros émetteurs et enregistrer en quelques secondes des heures d'écoute.

A juste titre Bolan était fier de son véhicule.

Mais il n'en dévoila pas tous les secrets à André Chebleu. Il se contenta de lui montrer comment il avait appris le projet de meurtre de celui-ci, puis lui tendit le dossier qu'il avait réuni sur les activités de la Mafia à Buffalo.

Tandis que Chebleu parcourait le dossier, Bolan enfila un jean et une grosse chemise en flanelle, se coiffa d'une vieille casquette de pêcheur, mit le moteur en route et commença à rouler vers le nord sur la route Interstate, en direction de Niagara Falls.

Près de la ville de Tonawanda, Chebleu vint s'installer à côté de lui sur le siège avant. Il contempla le profil de Bolan en silence et soupira :

— Incroyable.

— Quoi donc? demanda Bolan sans quitter la route des yeux.

— Tout. Vous. Cette caravane. Le dossier. Tout ce qu'on m'a demandé de découvrir, se trouve dans votre dossier. Moi je suis sur place depuis plus de trois mois. Et vous?

— Trois jours, avoua Bolan en souriant. André, ce n'est pas moi qui ai inventé ces gadgets. Je sais seulement m'en servir. C'est à la portée du premier venu si seulement il sait lire les étiquettes sous les boutons. Vous pourriez en faire autant.

Le Canadien fit une grimace ironique.

— Mais c'est illégal, protesta-t-il d'une voix peu convaincue.

— C'est une petite liberté que je peux me permettre.

— Mais moi je représente la Justice et les forces de l'ordre. Comment est-ce que je dois réagir vis-à-vis de Mack Bolan?

— Nous sommes tous les deux du même bord. Nous sommes des alliés. Tant que vous n'y verrez pas d'inconvénient...

— Et si je changeais d'avis? De l'autre côté de la frontière?

Bolan haussa les épaules.

— Alors vous partirez de votre côté, je partirai du mien. Je ne vous ai pas kidnappé, André. Je vous ai tiré d'un mauvais pas, mais si vous y tenez, je m'arrête tout de suite et vous descendez.

Chebleu alluma une cigarette, fixa la route. Ils roulèrent en silence pendant quelques instants. Seul le ronronnement du gros moteur se faisait entendre. De temps en temps un véhicule les dépassait et Chebleu se contractait à chaque fois. Il commençait à comprendre la signification réelle de la présence de Bolan. Quelques kilomètres plus loin il dit :

— Je vous dois la vie. Je devrais probablement vous remercier.

Bolan entendit la nuance de rancune et d'animosité au fond de sa voix. Décidément il avait affaire à un homme qui ne l'aimait guère.

Il prit le gros Auto-Mag dans le compartiment près de son siège, tendit l'arme argentée à son passager.

— Otez le cran de sécurité, gronda-t-il. Placez le canon contre ma tempe.

Le Canadien le contempla bêtement, sans réagir.

Bolan émit un petit rire, tendit la main.

— Alors rendez-moi ça, fit-il. Nous sommes quittes, je vous dois la vie aussi.

Chebleu rit tout doucement et rendit l'énorme pistolet.

— Comment saviez-vous que je ne tirerais pas?

— Je ne le savais pas, dit Bolan. Maintenant si.

Tous deux se mirent à rigoler, Chebleu offrit une cigarette à l'homme qui lui avait sauvé la vie. Bolan la prit, avala une grosse bouffée de fumée et dit :

— Nous ne sommes pas encore quittes, André. Je crois que vous savez de quoi je parle.

— De Georgette, répondit aussitôt le Canadien.

— Oui. On vous a communiqué les détails?

Chebleu secoua la tête.

— J'ai reçu un télégramme officiel du gouvernement des États-Unis, qui confirmait sa mort et qui exprimait les regrets du gouvernement, etc. Mais je n'y crois pas encore. J'espère toujours que...

— N'espérez rien.

— Mais tant qu'on n'aura pas retrouvé son corps, je...

Il s'arrêta en pleine phrase comme s'il venait seulement d'enregistrer ce que lui avait dit Bolan. Il baissa les yeux, dit :

— Je veux savoir.

— Elle est morte, croyez-moi, fit Bolan d'une voix pleine de tristesse. Elle avait choisi sa façon de vivre, elle est morte en plein accord avec ce choix. Il faut en faire votre deuil.

— Je veux savoir, persista Chebleu.

Bolan leva le pied; la caravane n'avançait presque plus.

— Crazy Sal l'a condamnée à cinquante jours de torture.

— Quoi? grinça le Canadien.

— Vous n'avez jamais entendu parler de Crazy Sal, le docteur marron de la Mafia? Le tortionnaire?

Chebleu secoua la tête, horrifié.

— Imaginez les fous d'Auschwitz et les déments de Buchenwald, rappelez-vous ce qu'ils faisaient aux détenus. Crazy Sal était encore pire, mais il avait la même mentalité. Il avait autant de pouvoir qu'un capo, et il s'est déchaîné contre Georgette parce qu'elle avait doublé la Mafia. Passée entre les mains de Crazy Sal, elle n'existait plus, elle n'était plus qu'un amas de chair sanglant qui essayait avec son dernier souffle d'implorer la mort. Lorsque je l'ai trouvée, elle avait passé quarante-neuf jours dans la salle de torture.

Le Canadien avait terriblement pâli. Il posa la main sur ses yeux, parvint à se contrôler.

— Je l'ai délivrée, André, reprit Mack Bolan d'une voix incroyablement douce. Grâce à cette arme que vous aviez entre les mains à l'instant. Je lui ai tiré une balle là où elle n'avait plus d'yeux. C'était ce qu'elle avait essayé de me faire comprendre. Elle repose en paix.

Il se passa quelques minutes puis Chebleu alluma encore une cigarette. Il la tendit à Bolan et en alluma une seconde pour lui-même. Lorsqu'il ouvrit la bouche, sa voix était redevenue normale mais sonnait durement :

— Ça s'est passé à Detroit?

— Oui.

— Merci de me l'avoir dit.

— Vous aviez le droit de savoir, fit Bolan.

— C'est exact. Vous n'avez pas laissé grand-chose à Detroit après votre passage.

— J'ai fait ce que j'ai pu.

— Et maintenant vous allez vous attaquer au Canada.

Bolan poussa un soupir.

— Oui. Si vous avez pris le temps de lire ce dossier, vous devez vous rendre compte de la situation.

En effet, Chebleu était au courant. Le Québec était sens dessus dessous. Le gouvernement était en pleine crise et se débattait avec les arguments des séparatistes, la volonté des nationalistes outranciers et les actes de terrorisme des anarchistes. Grâce à cet état de choses la Mafia américaine se pâmait et préparait un assaut mortel. Depuis longtemps Bolan était au courant des projets canadiens de la Mafia, et il avait glané de nombreux renseignements du côté américain de la frontière. Il avait cherché en vain le meilleur moyen d'entrer au Canada. La présence d'André Chebleu ressemblait à une intervention divine.

— La Mafia va avaler le Québec tout cru, dit Bolan.

Le Canadien poussa un grognement puis laissa tomber :

— Elle crèvera d'une indigestion.

— Mais le Québec sera tout de même abîmé, précisa Bolan. La Mafia n'a aucune tendance à faire du sentiment, elle videra la province de ses substances vitales puis rejettera la carcasse.

— Le Canada n'est pas votre problème, dit Chebleu en regardant Bolan d'un œil critique. Vous cherchez seulement un endroit pour frapper vos ennemis. Allez chercher ailleurs.

Bolan jeta un coup d'œil dans le rétroviseur, ralentit, s'arrêta sur le bas-côté de la route. Grâce à une commande sur la console centrale il ouvrit la porte du côté passager, dit :

— Bonne chance, André.

— Vous allez avoir besoin d'assistance, remarqua le Canadien.

— Je la trouverai ailleurs, le moment venu.

— Refermez la porte, grommela Chebleu. Vous avez un plan?

— Oui, il est très simple. Je vais blitzer Montréal.

— Ça ne sera pas facile.

— Mais rien ne l'est jamais.

— On ne peut pas blitzer Montréal.

Bolan regarda devant lui.

— Vous ne croyez pas. C'est ce que nous verrons.

— Montréal sera quinze fois pire que Detroit.

— Pour la Mafia, pas pour moi.

— Pour vous aussi, soupira le Canadien. Pour vous aussi.

— En tout cas, je n'y suis pas encore, répondit Bolan en jetant de nouveau un coup d'œil dans le rétroviseur. Nous sommes suivis.

Chebleu se retourna lentement.

— Vous en êtes sûr?

— Certain. Ils ont un phare déréglé. Vous voyez?

— Oui.

— Ils sont là depuis que nous avons quitté la boîte de nuit. Lorsque je me suis arrêté sur le bas-côté, les phares ont disparu, maintenant ils sont de retour.

Bolan s'affaira avec les boutons de la console de commande. Un petit écran apparut, et Bolan alluma ses phares à infrarouges. L'écran se mit à luire. Bolan ajusta l'objectif, refit le point. Lentement une grosse voiture se dessina — une longue limousine pleine à craquer. Elle filait dans le sillage de la caravane.

— Banco, fit Bolan. Toute une équipe.

Le Canadien recommençait à être nerveux.

— Vous saviez qu'ils étaient là lorsque vous m'avez dit de descendre, accusa-t-il.

— Mais je ne vous aurais pas laissé descendre, dit Bolan avec un petit sourire.

— Qu'allons-nous faire?

— Ils nous suivent pour nous supprimer, fit Bolan. Ils attendent le moment propice.

— Alors?

— Alors nous attendons le même moment. Dans le même but.

— Je reprendrais volontiers ce pistolet, dit Chebleu.

— Pas celui-ci. Allez à l'arrière, choisissez autre chose.

Bolan toucha un interrupteur.

— Maintenant l'arsenal est ouvert. Allez prendre ce qu'il vous plaira.

Chebleu lui lança un sinistre sourire.

— Vous aviez tout prévu.

— J'espérais ne pas me tromper sur votre compte, André. Mais vous voyez, nous sommes des alliés malgré tout.

— Malgré tout, gronda Chebleu en passant à l'arrière de la caravane.

CHAPITRE III

Tommy Sandini et son équipe arrivaient tout juste dans le parking au moment où la caravane en sortait. L'un des hommes de Sandini remarqua ironiquement que les affaires devaient bien marcher pour Gramelli si les clients venaient « en car ».

Sandini n'était pas encore sorti de la limousine lorsqu'un de ses hommes découvrit les deux cadavres près de l'entrée de service de la boîte de nuit. Puis il entra dans le bureau de la boîte et en ressortit aussitôt pour annoncer l'atroce nouvelle. Il n'y avait qu'une seule solution : filer la caravane.

— Ces types étaient encore tout chauds, chef, précisa Vacchi.

— Ils saignaient encore, ajouta un autre.

— Montez vite! cracha Tommy Sandini. Où est partie cette caravane?

— Elle a remonté Delaware, marmonna le

conducteur. Mettez vos ceintures, je la rattraperai en moins de deux!

Ainsi commença la folle course.

Mais il fallut plus de deux minutes pour que Roselli, le conducteur de la limousine, puisse rejoindre la caravane. Il y parvint enfin sur Sherman Drive.

— Ils se dirigent vers l'autoroute, grogna Sandini. On va les suivre. Voyons où ça nous mènera.

— On pourrait les coincer dans Sheridan Park, suggéra Vacchi.

— Les coincer! s'écria Sandini. Mais, pauvre imbécile, on ne sait même pas à qui on a affaire! On devrait peut-être retourner chez Gramelli pour trouver un indice.

— Il me vient une idée, Tommy, dit Roselli. Cette caravane n'est pas une caravane.

Sandini avait le plus profond respect pour son chauffeur lorsqu'il s'agissait d'automobiles.

— C'est un de ces machins pour campeur de luxe, non? gronda-t-il. Moi j'appelle ça une caravane.

— Ce n'est pas ce que je voulais dire. Bien sûr que c'est une caravane de campeur. Celle-ci est bien arrangée et ça me fait penser à quelque chose qu'un type m'a raconté. Il se trouvait à Seattle pendant... pendant la merde.

— Quand Bolan y était?

— Oui. Il m'a dit que Bolan pilotait une caravane absolument identique à celle que nous filons.

— Merde, chuchota respectueusement Sandini.

— C'est ce qu'il m'a dit, Tommy. Je ne sais pas s'il me disait la vérité ou non.

— Heu... ne t'approche pas trop, hein. Alors, si...

Sandini ne finit pas sa phrase, se perdit dans ses pensées, et un pesant silence s'abattit sur le petit groupe.

Enfin un des hommes, qui était entré dans le bureau de Gramelli, s'éclaircit la gorge, se pencha en avant sur son strapontin, toucha l'épaule de Sandini. C'était le cadet du groupe.

— Qu'est-ce que c'est? fit Sandini d'une voix distraite.

— J'ai trouvé quelque chose dans le bureau. Il y avait du sang dessus. Je l'ai essuyé machinalement et je l'ai mis dans ma poche. Je n'y ai pas fait attention.

— Mais *à quoi?*

— Ça ressemble à quoi une médaille de tireur d'élite, Chef?

— Il y a une cible sur une croix, lança rapidement Vacchi.

— Putain, s'émerveilla le jeune tueur. Je croyais que c'était une médaille religieuse.

— Fais-moi voir ça ! fit Sandini en tendant la main.

En quelques secondes tout devint clair, et Tommy Sandini se rendit compte de la situation à laquelle il était confronté.

— Alors qu'est-ce qu'on fait? demanda doucement Vacchi.

— On va lui filer le train, gronda Sandini. Maintenant ferme-la, laisse-moi réfléchir !

Le conducteur en profita pour ressortir son dada :

— On aurait dû installer des émetteurs, Tommy. Je te l'ai toujours dit. On aurait pu demander des renforts.

— La ferme !

— Oui, Tommy.

L'un des jeunes assis à l'arrière chuchota :

— Putain, on est six. On peut le descendre.

— Combien étaient-ils chez Gramelli? demanda Vacchi de sa voix la plus douce.

— C'était différent, chuchota le jeune. Il les a surpris. C'est pas la même chose.

— Ferme-la ! hurla Sandini. Pour qui vous vous prenez, bon sang? Robin des Bois?

Nous avons affaire à l'homme le plus dangereux des États-Unis, pas à une espèce de lavette née de la dernière pluie !

— Bientôt on en aura plus l'occasion de toute façon, dit le conducteur. Il prend la rampe de l'autoroute. Oui, il vire au nord. Au nord.

— Ne le lâche pas !

— Tu veux qu'on dépose quelqu'un, chef, avant qu'il ne soit trop tard ? Pour téléphoner.

— Pas question, non. Heu, si ! Fonti, descends ! Appelle Joe Staccio ! Dis-lui ce qui se passe, dis-lui de nous envoyer du renfort par hélicoptère s'il le faut, mais qu'il fasse vite !

— En direction de Niagara ? demanda le jeune en dégringolant de la limousine.

— Dis-lui ce que tu sais, qu'il se débrouille, lança Sandini tandis que la voiture redémarrait en trombe.

— Alors qu'est-ce qu'on fait ? demanda Vacchi.

— On lui file le train, on le laisse courir. Ne t'approche pas trop, putain ! Suis-le de loin.

— C'est trop embouteillé, fit le conducteur. Je ne peux pas le laisser trop nous distancer.

— Il va peut-être aller à Ontario,

s'inquiéta Vacchi. On ferait bien de le prendre avant.

— Il y a plusieurs endroits entre ici et Ontario où on pourrait le coincer, dit Roselli.

— Moi je vous dirai où et quand on le coincera, gronda Sandini. On va laisser tout le temps possible à Joe Staccio pour qu'il nous envoie du renfort.

— Je connais un endroit idéal, marmonna Roselli. Surtout à cette heure de la nuit. S'il prend le Mose Parkway pour aller à Niagara... Ce serait parfait, Chef.

— Je te le dirai, fit Sandini d'une voix indécise.

C'était l'instant le plus important de sa vie; il n'avait pas l'intention de rater son coup.

— Écoutez-moi, vous autres, dit-il. C'est un coup énorme. Si nous parvenons à descendre Mack Bolan et à apporter sa tête à la *Commissione,* notre avenir sera assuré. Ce sera la gloire. C'est clair?

Il perdait son temps; les autres savaient aussi bien que lui quel serait leur avenir si Mack Bolan mourait grâce à eux. Ce serait la fortune, la gloire, le pouvoir. Tous fixaient les feux arrière de la caravane d'un regard rêveur.

*
* *

Ayant dépassé Buckhorn Island, traversé la Niagara River puis viré à l'ouest pour longer le fleuve, Chebleu s'adressa à Bolan :

— C'est ici que je passerais à l'attaque si j'étais eux.

— Je pensais qu'ils agiraient avant, répondit Bolan qui n'appréciait guère la situation. Ils sont trop prudents. Je suis sûr qu'ils attendent des renforts. Préparez-vous, André. Nous allons commencer l'engagement.

Chebleu acquiesça, prit sa place sur le sol près de la porte, un léger PM dans les mains.

Ils roulaient paisiblement au cœur d'un groupe de véhicules. Il y en avait peut-être douze au total, la limousine étant la dernière.

Bolan mit son clignotant, braqua le volant, écrasa l'accélérateur, changea brusquement de file. La caravane commença à bondir entre les voitures plus lentes, se dégageant du groupe et s'éloignant rapidement.

Bien que plus rapide, la limousine mit un certain temps à se faufiler entre les voitures qui la séparaient de sa proie, et les trous dont s'était servi Bolan, s'étaient rebouchés. La caravane avait mille mètres d'avance lorsque la limousine se dégagea enfin, mais celle-ci avait une telle puissance que Bolan savait que ce serait une course contre la montre pour arriver le premier dans la zone de combat. Il lui fallait un endroit désert où les innocents automobilistes ne seraient pas atteints par la furie meurtrière qu'il allait déclencher. Cet endroit se trouvait juste un peu plus loin. Le compte à rebours était commencé.

— Vous avez vu ça! s'écria Sandini. Il nous a repérés! Il cavale!

— Il n'ira pas loin, gronda Roselli en glissant la grosse voiture noire entre un camion et une Ford familiale.

Accroché sur son strapontin, Vacchi s'émerveilla :

— Je ne pensais pas que ces gros bidules pouvaient aller aussi vite.

Roselli poussa un juron, écrasa le frein; le camion venait de le coincer. Il donna un méchant coup de klaxon, fonça jusqu'au pare-choc du type qui roulait devant lui. Ce dernier l'observait dans son rétroviseur mais ne faisait rien pour lui dégager la route.

— Mais passe donc! cria Sandini. On va le perdre!

C'était grâce à des situations pareilles qu'un conducteur se faisait une bonne ou une mauvaise réputation. Son gagne-pain remis en question, Roselli siffla entre les dents :

— Agrippez-vous, on va passer !

La limousine vint tapoter le pare-choc arrière de la voiture de devant. Un petit coup insistant, puis se laissa distancer de quelques mètres, glissa de côté, érafla en douceur le flanc de la voiture voisine.

Effarés, les conducteurs des autres voitures s'écartèrent aussitôt, le premier accélérant, l'autre freinant pour céder la place. Roselli caqueta victorieusement, fit un geste obscène à l'intention de la voiture sur sa gauche, s'enfonça dans l'ouverture et s'éloigna rapidement du groupe affolé.

Les feux arrière de la caravane disparaissaient dans la nuit tandis qu'il écrasait l'accélérateur.

— Avance, avance, gronda Sandini.

— On fait du cent quatre-vingts, précisa Roselli.

— Je m'en fous ! Fais du deux cent quatre-vingts si tu veux, mais rattrape-moi ce mec !

— Il n'ira pas loin, Tommy.

— Ah, ça non ! glapit Sandini.

Il se retourna vers les autres.

— Soyez prêts à tirer. On va lui faire sauter le caisson, le trouer comme une passoire. Rosy vous dira quand. Hein, Rosy?

— Exact, fit Roselli qui se voûtait au-dessus du volant. Je le dépasserai à grande vitesse. Baissez les vitres. Hoss, pose ton fusil à l'angle de la fenêtre. Je te placerai juste à côté de sa vitre. C'est à ce moment-là que tu tires, c'est à ce moment-là que je dégagerai. On va rouler à toute allure, alors ne rate pas ton coup.

— Il faut faire attention, je ne veux pas que la caravane nous roule dessus, lança Sandini.

— Fous-lui un coup de douze, Hoss, dit Roselli. Moi je m'occuperai du reste, Tommy.

Toute l'équipe faisait confiance à Roselli, car personne mieux que lui ne connaissait les astuces des grands conducteurs. Il n'y avait pas lieu de s'inquiéter pour ça.

Vacchi s'inquiéta pour autre chose.

— Ça me paraît trop facile, dit-il. Ce mec ne nous laissera jamais passer à côté de lui pour commencer à tirer. Il nous a repérés, il va se préparer pour nous recevoir. Je le sens.

— Tu as un meilleur plan? demanda froidement Sandini.

— Non, je ne crois pas.

— Vas-y, Rosy. Exactement comme tu l'as dit.

Ils étaient à fond et gagnaient du terrain. La caravane n'était plus qu'à cent mètres.

Subitement Sandini se dressa sur son siège.

— Qu'est-ce que c'est que ça?

— Quoi, Tommy?

— Je croyais que cette caravane avait le toit plat. Regarde, maintenant il y a un... un...

— C'est l'air conditionné, dit Roselli qui avait néanmoins ralenti.

— Non, non, non, fit Sandini. C'est pas ça.

Vacchi s'accrocha tout à coup au dossier du siège de Sandini et poussa un cri : la chose sur le toit de la caravane bougeait, tournait sur elle-même. Ex-soldat, Vacchi reconnut la chose avec effroi.

— Rosy, arrête! hurla-t-il. Arrête la voiture!

— T'es fou! s'écria Sandini.

— C'est un lance-roquettes! C'est un lance-roquettes!

Vacchi essayait encore d'expliquer ce qu'était la chose sur le toit lorsqu'une flèche de feu quitta la chose et fondit sur la limousine. Tous dans la voiture se turent pour contempler la mort enflammée qui s'abattait sur eux avec un bruit d'enfer.

La fusée s'écrasa contre le pare-brise de la voiture et l'enveloppa dans un nuage de feu et de flammes, la souleva de la route, la fit se cabrer sur elle-même puis retomber dans la Niagara River.

Loin devant, Mack Bolan désactiva l'ensemble lance-roquettes, fit rentrer la tourelle, s'adressa à Chebleu :

— Ouvrez l'œil, il pourrait y en avoir d'autres.

Le Canadien était estomaqué par la tournure des événements.

— Je ne pense pas, dit-il. Et même, je crois qu'ils n'auraient plus tellement envie de se mesurer à vous.

Il monta à l'avant en examinant l'arme qu'il n'avait pas eu l'occasion d'utiliser, se laissa tomber sur le siège à côté de Bolan. Il le fixa d'un regard respectueux.

— Finalement, avoua-t-il, je crois que ça sera très intéressant à Montréal.

CHAPITRE IV

Capo de tous les territoires dans le nord de l'État de New York, Joe Staccio était l'un des onze vieillards à qui incombait la lourde tâche de gouverner cette organisation multinationale qui s'appelait *la Mafia*. Sa position dans la *Commissione* n'avait jamais été mise en cause et il usait justement de son influence. Pourtant, Joe Staccio connaissait sa place. Il n'y avait qu'un seul *capo di tutti capi* — Augie Marinello, le patriarche des cinq familles de New York City.

Augie Marinello avait pas mal vieilli depuis la nuit où il avait frôlé la mort à cause de Mack Bolan. Il avait perdu les jambes dans cette rencontre et il avait failli en mourir. Mais un homme de l'envergure de Marinello n'avait pas besoin de ses jambes pour s'asseoir au bout de la table de conférence, il n'avait pas besoin d'une poigne de fer pour tenir les rênes de son empire terrifiant. Un coup d'œil, l'inclinaison de la tête, un toussotement, le fait de fermer son vieux poing affaibli étaient des gestes qui pouvaient entraîner la ruine d'une industrie, la chute d'un gouvernement. Son pouvoir s'étendait au monde entier, et nul ne l'ignorait. Surtout pas Joe Staccio.

Il entra sans bruit, baisa la bague du vieillard, attendit en silence qu'on veuille bien reconnaître sa présence.

Augie avait très mauvaise mine. Les ans lui pesaient. Ses cheveux avaient blanchi et la peau de son visage et de ses mains n'était plus qu'une enveloppe ridée. Mais lorsque son regard se posait sur vous, on reconnaissait tout de suite son statut de chef suprême.

— Comment vas-tu, Joe? demanda-t-il d'une voix lasse.

— Je vais bien, Augie. Toi, tu es drôlement en forme.

— J'ai l'air d'une momie pourrie, et tu le sais très bien, soupira Marinello. J'aimerais bien tout régler avant de mourir.

Staccio gigota inconfortablement avant de répondre.

— Mais tu ne vas pas mourir, Augie.

— Mais si. Tout le monde meurt. Il ne me reste plus une éternité à vivre, Joe. Je le sens. Je veux régler cette histoire avant de passer l'arme à gauche.

— C'est pour ça que je suis venu te voir.

— Je le sais. Tu as tout réglé pour la rencontre ?

Staccio gigota de nouveau.

— La rencontre, oui. Il y a une armée d'hommes sur place pour tout contrôler et toutes les délégations sont arrivées, sauf la Grèce.

— *Toutes ?*

— Sauf la Grèce, oui. Mais on les attend d'ici ce soir.

— La Turquie ?

— Oui, oui. C'est un véritable petit O.T.A.N. là-haut, Augie. J'aurais préféré que tu puisses y venir toi-même.

— Quelque chose te tracasse, Joe. Qu'est-ce que c'est ?

— Eh bien... je crois qu'on a un petit ennui.

— Un petit ennui ?

— J'ai reçu un coup de téléphone de Buffalo hier soir. Un des jeunes, un nouveau. Il a dit que quelqu'un avait fait sauter une de nos branches dans la banlieue.

Vers minuit. Tu te souviens de Bobby Gramelli?

— Bien sûr, fit aussitôt le vieillard. Je l'ai fait entrer dans l'Organisation il y a plus de vingt ans, je lui ai donné une loterie dans le Bronx. Et alors?

— Quelqu'un lui a tiré une balle dans la tête hier soir, Augie. Lui et quatre de ses hommes. Ce gosse fait partie de la branche centrale. Tu connais Tommy Sandini?

Marinello secoua la tête.

— Peut-être si je le voyais.

— Il vient de Boston où il a de la famille dans l'Organisation. Son oncle, Charlie Sandini, m'a demandé de le prendre sous mon aile, de le faire débuter. Il travaille pour moi depuis. Je l'ai chargé de diriger la branche centrale de Buffalo il y a quelques années. Eh bien, Tommy Sandini et son équipe personnelle sont arrivés sur place lorsque la boîte de Gramelli venait d'être investie. Ils ont vu un type qui se tirait à bord d'une... d'une de ces caravanes de campeur. Ils l'ont filé et l'ont retrouvé près de Niagara Falls. Finalement ils se disent que le type n'est autre que Mack Bolan.

Les yeux de Marinello s'illuminèrent.

— Pourquoi? Pour quelle raison?

— L'un des jeunes a ramassé une

médaille de tireur d'élite dans le bureau. Il l'a trouvée sur le cadavre de Gramelli. C'est un tout jeune, tu vois. Il n'a rien dit avant qu'ils soient en train de filer la caravane. Alors Sandini le fait déposer et lui donne l'ordre de donner l'alerte. Ils le laissent là et filent derrière Bolan. Et...

— Quand as-tu appris ça, Joe?

— Mais tout de suite. Je me trouvais à Syracuse où je me reposais après toutes les conneries diplomatiques à Montréal. J'ai reçu un coup de fil de mon standard à Rochester. Matty Howell m'a dit qu'il y avait un gosse hystérique au bout du fil avec une histoire à dormir debout sur Bolan à Buffalo. J'ai donné mon accord et Matty m'a passé le gosse. Il m'a tout raconté. Il m'a dit qu'ils le filaient sur la route de Niagara, ensuite il m'a demandé ce qu'il fallait faire. J'étais dans tous mes états...

Le vieillard l'interrompit et lui dit d'une voix douce et amicale :

— Bolan a terrifié les plus forts, Joe. Il n'y a pas de honte à avoir eu tes nerfs.

— Je sais, Augie. Je sais. Bon, en tout cas, j'ai repris Matty au bout du fil et je lui ai dit de m'expédier une douzaine d'équipes à Niagara. On a même mobilisé deux hélicos.

— Mais trop tard.

— Exactement. L'hélico qui avait décollé de Niagara est arrivé juste à temps pour voir qu'on repêchait la voiture de Sandini du fleuve. Il n'en restait pour ainsi dire rien, qu'un amas de ferraille. Ils essayent toujours d'identifier les cadavres.

Marinello poussa un soupir, prit un cigare.

— C'est le petit ennui dont tu m'as parlé? demanda-t-il doucement.

— Oui. Moi je ne vois que Bolan. C'est tout lui. J'aime pas du tout qu'il soit dans ce coin en ce moment, Augie. Ça sent la catastrophe.

— Ça pourrait être une coïncidence, dit le vieillard.

— C'est pas tout...

Marinello qui allumait son cigare, leva les yeux, puis dit d'une voix égale :

— Dis-moi.

— Il y avait un type de Montréal qui aidait Gramelli à arranger ses affaires au Québec. Gramelli devait assurer la sécurité de la rencontre, et le Canadien était un gros bonnet avec les militants québécois. Eh bien, j'ai appris ce matin que ce type —

Leblanc — était en fait un flic canadien. Bobby Gramelli l'a su juste avant moi et il s'apprêtait à liquider Leblanc. Ils étaient ensemble jusqu'à la dernière seconde. Tout d'un coup Gramelli est mort et le Canadien a disparu. On ne le retrouve nulle part. A mon avis il a filé avec Bolan.

Marinello mordit brusquement son cigare.

— Nous avons en effet un petit ennui, fit-il.

— Je le crains, Augie.

— Quelles mesures as-tu prises?

— J'ai recruté une armée entière. Des avions, tout. Il a sûrement déjà viré sa caravane, mais c'est le seul indice que nous ayons. C'est un gros territoire. S'il a l'intention de se rendre à Montréal pour la rencontre, il pourrait y aller par une centaine de routes différentes. L'incident à Niagara peut signifier quelque chose ou ne rien vouloir dire. Il est malin. Il montre le bout de son nez d'un côté puis file de l'autre. En tout cas j'essaye de prévoir toutes les éventualités. J'ai fait installer des équipes qui surveillent les routes à cent cinquante kilomètres à la ronde. Il y a des avions qui survolent tout le territoire en question. Je fais même surveiller le

St. Lawrence Seaway. Mais ce type est futé, Augie, très futé.

— Tu ferais bien d'y aller tout de suite, Joe, dit Marinello d'une voix lasse. Prends toi-même les choses en main. Ne le laisse pas venir à Montréal.

— Je t'en donne ma parole, Augie, dit Staccio en se levant pour partir. Ne t'en fais pas. Je m'occuperai de Bolan.

— On m'a souvent dit ça, Joe.

— Il n'aura pas toujours de la chance.

— Ne compte pas plus sur tes chances que lui sur les siennes.

Marinello posa les mains sur la couverture qui recouvrait ce qui lui restait de jambes.

— J'en sais quelque chose, observa-t-il.

— Bien sûr, Augie.

— Si tu peux, ramène-le vivant.

Staccio sourit brusquement.

— Je lui mettrai un nœud dans les cheveux si ça te fait plaisir.

— J'aimerais bien l'avoir vivant. J'aimerais bien qu'il me regarde en face en sachant ce qui va lui arriver.

— Je te l'amènerai, Augie, je te le jure.

— Pas comme quand tu es allé à Londres, hein?

Staccio cessa de sourire. C'était un coup

bas. Pourquoi lui rappeler le fiasco de Londres?

— Je t'ai dit que je te l'amènerai, Augie. Je t'en donne ma parole.

Il quitta le bureau de Marinello en regrettant un peu cette promesse qui serait — il le savait déjà — si difficile à tenir.

Mais il y avait tellement en jeu : le monde entier. Joe Staccio ne laisserait pas filer le monde entier pour un seul type, fût-ce Bolan.

— Je te l'amènerai, Augie, marmonna tout doucement Staccio. Je te l'amènerai.

CHAPITRE V

Bolan ne sous-estimait jamais ses ennemis. Il savait qu'ils feraient tout pour l'empêcher d'arriver à Montréal, car de grandes choses devaient s'y passer.

On y attendait les représentants de toutes les branches de la Mafia internationale. On parlait depuis longtemps de cette rencontre durant laquelle devait se réorganiser l'ensemble du monde criminel.

La Conférence de Montréal.

La Mafia américaine deviendrait le noyau gouvernemental de l'ensemble, Augie Marinello serait officiellement désigné *capo di tutti capi,* et sa capitale serait Montréal au cœur de Québec.

Bolan ne connaissait pas tout de la situation politique au Québec, mais il savait que cette province avait été intentionnellement choisie par la Mafia à cause de cette même situation.

Jacques Cartier était arrivé en 1534 au Canada et il avait planté l'étendard du roi de France, mais en 1763 la province avait été cédée aux Anglais et les ennuis avaient commencé.

Il y avait deux langues officielles au Québec : le français et l'anglais. Les écoles étaient ou françaises et catholiques ou anglaises et protestantes, mais il y avait une majorité de Français catholiques.

Il fallait ajouter aux problèmes politiques la constante menace des militants et des terroristes du F.L.Q. qui préparaient en secret une grande offensive.

La Mafia qui profitait toujours d'une situation chaotique, avait saisi cette conjoncture idéale pour mener à bien ses desseins.

Non, Bolan ne sous-estimait pas ses ennemis. Ils iraient très loin pour l'empêcher de leur nuire. La présence de Mack Bolan pendant la Conférence de Montréal était impensable.

Connaissant leur détermination, Bolan avait choisi d'aller à Montréal, non pas par la route la plus directe, mais par celle qui serait la plus sûre. Après Niagara Falls il avait bifurqué vers l'ouest pour se diriger d'abord jusqu'à Ontario. Ensuite il était passé par Hamilton et Toronto puis avait quitté les rives du lac à Newcastle pour continuer son chemin à l'intérieur du pays. Il était arrivé à Ottawa juste à temps pour prendre un rapide petit déjeuner en compagnie de son allié canadien, puis il avait repris la route pour arriver dans la zone de combat par le nord. Ce trajet qui n'aurait pas pris plus de deux heures pour un simple particulier, entraîna Bolan dans une course circulaire qui ne se termina qu'après cinq heures passées à rouler sur les routes secondaires et les chemins de campagne tortueux.

Il était sûr qu'il n'arriverait pas à Montréal sans rencontrer de résistance, car la ville se trouve sur une île. Le St. Laurent à l'est, la Rivière des Mille Isles et la Rivière des Prairies à l'ouest, il y avait une multitude de ponts pour accéder à la ville, et les ponts sont dangereux pour un fugitif.

Il était presque midi lorsque la caravane s'immobilisa dans un camping pour pêcheurs à la ligne à Bois des Filion, au nord de la ville. Bolan loua un espace pour une semaine et deux pêcheurs enthousiastes descendirent sur les rives de la rivière pour examiner de plus près leur terrain de prédilection.

En fait, la canne de Bolan était un instrument d'optique électronique extrêmement sophistiqué. Patiemment il scruta les rives de l'autre côté du fleuve, le pont le plus proche et le ciel puis dit à son allié :

— Ils sont là. En force.

— Ils sont partout, lui répondit le Canadien.

— Je suppose que l'équipe de Buffalo a pu donner l'alerte. Ils ont dû appeler au secours.

Bolan poussa un soupir.

— Ça rend le travail plus difficile, dit-il. Mais pas impossible.

Chebleu s'éclaircit la voix avant de prononcer :

— C'est votre faute. Cette habitude de laisser des médailles de tireur d'élite par bravade. C'est puéril. Vous dévoilez votre présence à chaque fois.

— C'est une façon de signer mes actes, répondit Bolan d'un air absent parce qu'il réfléchissait à autre chose.

Il sourit subitement.

— Par bravade? Peut-être bien. Mais la psychologie fait aussi partie de la guerre, André. La Mafia comprend un acte de bravade. Elle le respecte. Je laisse peut-être une piste derrière moi avec les médailles que je distribue, mais je gagne des points en psychologie.

— C'est possible, admit le Canadien en fixant Bolan d'un regard lucide.

Il baissa les yeux tout à coup pour demander :

— Savez-vous que c'est moi qui ai envoyé Georgette à sa mort?

— Oubliez-la, dit Bolan.

— Laissez-moi essayer à ma façon.

— Alors je vous écoute, dit Bolan d'une voix résignée.

— J'avais demandé qu'on lui confie cette mission. Nous instruisions un crime terrible, un crime moral. Tant de jeunes filles avaient été envoyées dans cet enfer, c'était odieux, insupportable. On ne trouve pas d'agent féminin valable sur le trottoir. Georgette avait de l'expérience.

Ses yeux s'illuminèrent d'un éclair rageur.

— Georgette avait l'expérience physique d'une grande courtisane, l'esprit d'un grand détective, la volonté et le courage d'un guerrier. Qu'elle fût ma sœur ne m'a pas fait hésiter une seconde. Je cherchais seulement à me procurer le meilleur agent, et Georgette était le meilleur. Washington a tout de suite dit oui. Et je m'en suis servi.

Comme un appât au bout d'un hameçon, je l'ai exposée à...

— C'est Georgette qui s'est exposée, dit brutalement Bolan. Vous vous culpabilisez à tort. Vous allez complètement vous détruire si vous continuez. Arrêtez, André. Il faut être dur.

— Être dur, fit Chebleu.

Il leva doucement ses yeux.

— Il n'y a donc que cela comme solution? Être dur? N'y a-t-il aucune place en ce monde pour la douceur?

Bolan s'affairait de nouveau avec la canne à pêche-télescope.

— Il y a plusieurs mondes, André. Le monde des poissons, celui des lapins, celui des oiseaux. Il n'y a pas de douceur dans ces mondes-là.

— Ça dépend comment on voit les choses.

— Voyons un peu, grogna Bolan. Un poisson voit les choses depuis l'estomac d'une baleine, un lapin voit les choses depuis le ventre d'un coyote et le pigeon voit les choses lorsqu'il est saisi par les serres d'un aigle. Vous y voyez de la douceur, André?

— Ce n'est pas pour cela que c'est bien.

Bolan leva les yeux du télescope.

— C'est la réalité. Regardez le monde en face, André. Il y a ceux qui mangent et ceux qui sont mangés. Ce n'est peut-être pas joli, mais c'est un fait. Si vous avez envie de blâmer le Ciel, faites-le, mais moi je préfère m'en prendre aux cannibales. Être dur? Oui, il faut être dur si on veut faire quelque chose pour remédier à la situation. Vous croyez qu'un lapin peut en aider un autre qui s'est fait attraper par un coyote? Georgette n'était pas un pauvre petit lapin, pas plus qu'elle n'était un appât accroché à un hameçon. Reconnaissez-lui ses qualités comme ses défauts, sinon elle sera vraiment morte en vain. Saluez-la, respectez-la, mais oubliez-la.

Bolan fit brusquement volte-face, remonta la pente jusqu'à la caravane. Chebleu l'y rejoignit quelques instants plus tard, un petit sourire aux lèvres.

— Merci, dit-il tout doucement.

Bolan lui lança quelques vêtements.

— Changez-vous, dit-il. Nous allons à la pêche.

— Dans le ventre de la baleine?

— Peut-être bien, répondit Bolan en souriant à son nouvel ami.

Moins d'une heure plus tard il accostait de l'autre côté de la Rivière des Mille Isles, dans un coin discret. A partir de là il serait seul. Chebleu devait ramener l'embarcation au camping puis gagner Montréal ultérieurement par ses propres moyens. La caravane resterait dans le parking du camping.

Chebleu lui tendit la main.

— Bonne chance, Mack.

Bolan lui sourit.

— A ce soir.

Puis il disparut dans la végétation afin de rallier aussi discrètement que possible la nouvelle capitale du crime mondial.

CHAPITRE VI

Bolan ôta son accoutrement de pêcheur et l'abandonna sous les fougères. Il enfila ensuite, par-dessus sa combinaison de combat noire, une chemise, un pantalon, son étui pour le Beretta, un veston de sport puis noua une cravate autour de son cou. Il cacha son attirail de pêcheur avec les vêtements, après en avoir extrait une trousse de maquillage, une paire de lunettes noires, un portefeuille avec une carte d'identité à l'intérieur, un mouchoir avec F.R. brodé dessus, quelques bijoux en toc et un briquet avec ses initiales.

Dans la trousse de maquillage il prit des pattes qu'il colla sur ses joues, hésita puis laissa des verres de contact marrons dans la trousse qu'il jeta dans les fougères avec le reste.

Il n'avait pas perdu plus d'une minute à effectuer son changement.

Il alluma une cigarette à bout filtre et partit en direction du pont d'un pas tranquille.

Il avait parcouru la moitié du chemin lorsqu'un type qui ressemblait beaucoup aux durs new-yorkais apparut à l'angle du chemin. Ils faillirent se rentrer dedans. Le type fit un bond en arrière en poussant un grognement de surprise et en brandissant un Colt. 45 de combat.

Bolan s'empressa d'attaquer le premier :

— Qu'est-ce que tu fous ici ?

La première faiblesse de la Mafia était son immensité. Personne ne connaissait personne, et les rapports interfamiliaux — comme à Montréal — consistaient à rassembler une foule d'étrangers qui devaient collaborer dans l'obscurité. Ils ne pouvaient se fier qu'à leur instinct.

Bolan s'était souvent servi de cet handicap et il était passé maître dans l'art du déguisement et de la dissimulation.

Le type l'examina d'un coup d'œil rapide.

— Mais je ne savais pas que tu étais là, mon gars. J'aurais pu te faire sauter le caisson. Tu devrais...

— Je t'ai demandé ce que tu foutais ici, dit Bolan d'une voix froide qui coupa court aux explications du type.

Le type fut surpris par le ton de glace et il essaya de se ressaisir.

— Heu... nous avons vu une barque traverser la rivière. Il y avait deux types dedans, apparemment des pêcheurs. Ils ont disparu derrière le coude-là. Mais lorsque la barque est ressortie il n'y avait plus qu'un seul type à bord. Larry m'a dit d'aller voir ce qui se passait.

— Larry a eu raison, dit Bolan.

Subitement il sourit, se permit un léger dégel puis ajouta :

— Ce n'était que moi.

Il prit le type par le bras, le fit rebrousser chemin.

— Viens, on se tire d'ici.

Le mafioso n'en revenait pas, ne savait pas quelle attitude adopter.

— Je... mais... heu... On ne m'a pas dit que...

Bolan ne lui donna guère l'occasion de formuler de protestation, et sa voix se fit légèrement plaintive.

— J'ai passé toute la matinée dans ce camp qui pue le poisson. Ridicule! Frank Ruggi n'est pas homme à passer la journée dans les bois à se tourner les pouces. C'est trop con! J'ai passé un coup de fil à Augie lui-même. Je lui ai dit ce que je pensais. Au fait, t' es avec Staccio, toi, non?

Muet, le type acquiesça.

— Ne t'offense pas, reprit Bolan, mais je ne suis pas venu ici de Los Angeles pour passer mon temps dans les bois à claquer les moustiques. Je l'ai dit à Augie. On n'envoie pas les As Noirs au Canada pour qu'ils se tournent les pouces.

Le type avançait dans le chemin en titubant, soutenu et poussé par Bolan qui ne lui avait toujours pas lâché le bras. Il tourna vivement la tête lorsqu'il entendit « As Noir » une lueur fébrile dans les yeux.

— Vous avez raison, Mr. Ruggi, dit-il avec un respect extrême. Je comprends que vous soyez en pétard.

— Appelle-moi Frank. Et tu peux me tutoyer.

— Bien sûr, Frank. Alors tu leur as dit ta pensée?

— J'ai dit ce que je pensais à Joe Staccio.

Le type — une torpille, sans le moindre doute — souriait d'un air entendu. Il appréciait hautement la situation.

— Augie lui a dit de te téléphoner, hein?

— Disons seulement que nous avons fini par nous entendre, ricana Bolan en faisant une petite grimace de mépris. Comprends-moi, Joe n'est pas un mauvais bougre, mais il n'est plus dans le coup. Il ferait mieux de s'occuper de ses petites affaires. Là il s'y connaît, c'est un chef.

— C'est sûr, Frank. Là c'est un chef.

— Aucun doute là-dessus, conclut Bolan.

Il y avait une camionnette garée à l'orée du bois et, devant, une quatre-portes, et encore une de l'autre côté de la route, chacune prête à bondir dans un sens ou dans l'autre. Deux hommes en bleu de travail s'étaient accoudés sur de grandes pelles. Un troisième en complet et coiffé d'un casque jaune se tenait immobile sur le pont, un autre traversait ce même pont d'un pas lent. Les types qui tenaient les pelles avaient l'air d'avoir chaud, d'être de mauvaise humeur. Ce n'était jamais gai de monter la garde dans de pareilles circonstances. Les nerfs en prenaient un sacré coup, car à chaque instant l'imprévu pouvait arriver. Bolan comprenait bien ce que ressentaient ces hommes et il avait appris à profiter de leurs sentiments.

Les types avec les pelles les surveillaient

de près et quittèrent les bois pour s'approcher. Bolan avança jusqu'à la camionnette, s'assit sur le pare-chocs. Tendant sa carte d'identité à son compagnon, il dit :

— Vas dire à Larry que je veux lui parler.

— D'accord, Frank, fit le type en prenant le portefeuille.

Il partit vers la voiture garée de l'autre côté de la route. En passant devant les deux types qui s'accoudaient une fois de plus sur leur pelle, il ouvrit le portefeuille, leur montra rapidement la carte d'identité. Les deux hommes échangèrent un regard puis jetèrent un coup d'œil sur Bolan qui ne daigna pas regarder de leur côté. Au bout de quelques instants ils commencèrent à devenir nerveux et se mirent à creuser vaguement avec leur pelle pour se donner une contenance.

Larry s'appelait Lawrence Attica, il était originaire de Syracuse, New York, où il était un chef d'équipe à la solde de Joe Staccio. Bolan ne l'avait jamais rencontré mais se souvint aussitôt qu'il l'avait vu dans son fichier.

Attica arriva à toutes jambes, le portefeuille tenu à bout de bras comme s'il pouvait exploser d'une seconde à l'autre. Il le rendit à Bolan avec un geste large et inutile, sourit de toutes ses dents. Des gars comme lui n'avaient pas souvent l'occasion de rencontrer un As Noir — un ambassadeur de la *Commissione*. Cet honneur étant habituellement réservé aux cadres très supérieurs. Pourtant, tout le monde savait que les As Noirs agissaient souvent incognito au cœur d'une équipe, ou d'une famille.

— Monsieur Ruggi, c'est trop d'honneur, fit Attica qui n'en pouvait plus de sourire. Georgie me dit que vous avez passé la matinée sur l'autre rive.

Bolan lui envoya un sourire ironique et rétorqua :

— Larry, si jamais on te raconte qu'un jour tu n'auras plus à faire les corvées avec les copains, fous-leur sur la gueule.

Le chef d'équipe se gaussa grassement et longuement.

— Comment ça va à Syracuse?

Attica fit un geste comme-çi, comme-ça.

— Ça se dégrade, monsieur Ruggi, glousssa-t-il. Trop de crimes.

Bolan sourit puis lui dit :

— Je m'appelle Frank.

— Je sais. Oui. Heu... merci. Ah, Georgie m'a dit que nous repartions? Nous repartons vraiment?

Bolan lui sourit davantage.

— Tu ne crois pas qu'il est temps?

— Oh, si! Frank, ces corvées me rendent fou.

— Rassemble tes gars. Dis-leur qu'il est temps de rentrer tirer un coup en ville.

Enchanté, Attica fit signe à Georgie de passer le mot. De toute évidence Georgie était le second de Larry Attica. Il fallut moins d'une minute pour démanteler le camp; tout le monde en avait sa claque.

— Vous... heu... tu as un moyen de rentrer, Frank? demanda Attica.

— C'est gentil d'y avoir pensé, fit Bolan. Mon associé va rester dans le coin, et il aura peut-être besoin de la voiture.

— Mais, ce sera un honneur pour nous... On a plein de place. Viens avec moi.

Il claqua les doigts à l'intention de son second.

— Georgie, j'emmène Frank dans la Chevrolet. Tu ramèneras les autres. Je te reverrai à l'hôtel.

Georgie expédia un sourire amical à Bolan puis monta dans la seconde voiture.

CHAPITRE VII

Lorsqu'ils arrivèrent devant l'hôtel, Larry Attica aurait fait n'importe quoi pour Frank Ruggi alias Mack Bolan, et il le lui dit :

— Écoute, Frank, tu peux compter sur moi. Je sais que ton boulot n'est pas toujours facile, alors si tu as besoin d'un coup de main — pour n'importe quoi, hein? — tu n'as qu'à me faire signe. Tu comprends ce que je veux dire?

— J'ai l'impression, répondit Bolan qui ne comprenait que trop bien ce que voulait dire Attica, que tu ne moisiras pas longtemps à Syracuse. J'espère que toi tu comprends ce que je veux dire...

L'irrésistible sourire d'autosatisfaction qui fendit le visage d'Attica de part en part, signalait qu'il avait fort bien saisi les implications de l'As Noir. Attica était un organisateur de troisième zone à qui on avait confié la direction d'une équipe de deuxième catégorie. Il était suffisamment jeune pour être ambitieux et suffisamment âgé pour se rendre compte qu'il espérait sans doute en vain. Lorsqu'il entendit les paroles de Bolan, il se gonfla d'orgueil et d'espérance.

L'hôtel n'était pas le plus grand de Montréal, mais certainement l'un des meilleurs. Un portier en uniforme prit la voiture et la conduisit jusqu'au parking où il la remit entre les mains des employés. Il était environ seize heures, le hall était rempli d'hommes qui parlaient entre eux, visiblement de bonne humeur. Il n'y avait pas une seule femme en vue. Des hommes au faciès dur se tenaient par groupes de trois ou quatre et renouaient connaissance.

C'était un fabuleux rassemblement de criminels; une espèce de séminaire. Une grande banderole en travers du hall proclamait « World Trade Association ».

— L'hôtel nous appartient? demanda Bolan.

— Pour toute la semaine, oui. Mais fais attention au personnel, c'est pas le nôtre.

Un type en veste à carreaux s'approcha vivement de Bolan, lui serra la main avec enthousiasme et proféra des mots d'amitié et d'encouragement.

— Bien, bien, répondit Bolan. Ça va bien à Zurich ?

L'homme rigola, partit serrer d'autres mains.

Attica ricana.

— Je n'ai pas envie que trop de gens sachent que je suis là, dit Bolan.

— Oui, je comprends.

— Si je ne me trompe pas, Staccio est notre hôte, n'est-ce pas ?

— Toute juste, Frank. Il arrive ce soir.

C'était une question de convenance. Joe Staccio représentait Augie Marinello ; il était normal qu'il arrive le dernier, car il était le président de la délégation la plus importante.

Bolan s'adressa à Attica :

— Je me servirai de la suite de Bobby Gramelli. Il n'en aura pas besoin.

Attica secoua la tête.

— Oui, j'en ai entendu parler. C'est terrible. Bobby était un type sympathique.

Ils marchaient lentement et traversaient le hall.

— Je dois le remplacer, dit Bolan.

— Ah ? Je ne savais pas.

— Tu es le premier à le savoir, c'est

pour ça. Je voudrais que tu rassembles tous les chefs d'équipe et que tu les fasses monter dans une heure.

— OK, fit Attica d'une voix enchantée. Tu veux que j'assiste aussi?

— Et comment!

Bolan lui donna une petite tape sur les fesses.

— Va chercher la clef, tu veux? dit-il.

Attica sourit, fit deux pas vers la réception, se retrouva nez à nez avec un petit homme en costume élégant.

— Mais c'est Larry Attica, non? demanda l'homme d'une voix agréable.

— Oui. Oh! Monsieur Turrin. Ça me fait plaisir de vous revoir. Dites, je voudrais vous présenter...

Attica se retourna, chercha le regard de Bolan, lui posa une silencieuse question. Bolan acquiesça.

— Je voudrais vous présenter Frank Ruggi qui dépend du bureau central.

— Je crois bien vous avoir déjà vu quelque part, fit Turrin.

— Et voici Leo Turrin, Frank. Il est de Pittsfield dans le Massachussetts.

— Oui, je sais, dit Bolan. Content de vous connaître, Leo. Larry, va prendre la clef.

Attica leur lança un ultime sourire puis se dépêcha d'aller à la réception.

Turrin alluma un cigare en jetant autour de lui des regards prudents.

— Je n'en crois pas mes yeux, dit-il tout doucement. Je te vois, mais je ne peux pas y croire.

— C'est ce qu'on ne voit pas qui compte, dit Bolan à son vieil ami.

— Tu es complètement fou.

— Toi aussi, gronda Bolan sur le même ton. Mais c'est une question d'habitude, non? Ne t'en fais pas, il n'y a pas un seul de ces types qui pourrait me reconnaître.

— Il faut que je te parle.

Attica revenait, tenant ostensiblement la clef de la suite du défunt Bobby Gramelli.

— Passez quand vous voudrez, dit Bolan à son vieil ami.

Puis il ajouta pour les oreilles de Larry Attica :

— Mais je crois que vous me confondez avec un autre. Apportez une bouteille, on en reparlera.

Turrin acquiesça d'une manière assez distante et Bolan lui tourna le dos pour gagner les ascenseurs. Attica traîna un moment afin de marquer encore quelques points. Il montra le numéro de la chambre de Bolan à Turrin et chuchota :

— C'est un As Noir, monsieur Turrin.

— Ah, je comprends mieux, fit le patron de Pittsfield.

Attica s'éloigna rapidement pour rattraper son nouveau parrain. Leo Turrin les regarda entrer dans l'ascenseur, fit tomber la cendre de son cigare et marmonna d'une voix inaudible :

— Un as comme tu n'en a jamais vu, Larry.

Puis il traversa le hall pour aller demander à ses hommes de l'équipe anti-Bolan si personne n'avait rien vu de suspect. C'était insensé !

Joe Staccio, lui, avait téléphoné quelques douze heures auparavant, dans tous ses états. Mack Bolan arrivait à Montréal ! Leo était le seul homme au monde dans l'organisation à qui Joe pouvait faire appel — il s'agissait d'une mission qu'il ne pouvait pas confier à un autre.

La *Commissione* avait déjà donné son accord.

Leo devait monter à Montréal et assumer la direction du service de sécurité.

Il n'y avait personne sur place capable d'arrêter ce fumier de Bolan. Bobby Gramelli était mort, couvert de sang et d'opprobre par ce même fumier, et Bobby aurait dû s'occuper de la sécurité de la Conférence. Évidemment la sécurité avait paru assez simple au premier abord, mais à présent l'ombre de Bolan planait, palpable. Tout était changé.

Bien entendu, Leo irait à Montréal.

Bolan était un drôle de phénomène ; les mafiosi étaient presque tous convaincus qu'il était une espèce de fantôme qui allait et venait comme il voulait, qui s'installait à table avec eux, faisait des plaisanteries puis les assassinait. Seul Leo avait survécu à ses rencontres avec Bolan.

Du coup, il était l'homme-clef de la situation à Montréal. Dans le proche avenir il serait élu capo et sa valeur, pour ses patrons, à Washington, n'en serait que décuplée, car il assisterait aux grands conseils internationaux où se décidait la stratégie mondiale.

D'un côté il aimait Mack Bolan comme un frère. Ensemble ils en avaient vu des vertes et des pas mûres. Il savait que Bolan était par excellence l'être le moins égoïste de la terre, qu'il était plus que prêt à donner sa vie pour sauver celle de ses semblables aux prises avec la Mafia.

D'un autre côté il devait allégeance à ses chefs du *Justice Department* à Washington. Il avait un idéal, sa philosophie était basée sur la justice pour tous.

Le monde était insensé!

L'As Noir et Leo Turrin devaient remplir les mêmes fonctions à la Conférence de Montréal : empêcher l'Exécuteur d'y venir!

Il lui paraissait invraisemblable que Bolan puisse jamais quitter Montréal vivant, car il avait trop de monde contre lui.

Mais quelle belle sortie!

CHAPITRE VIII

Leo Turrin était entré dans sa chambre tandis que Larry Attica rassemblait les divers chefs d'équipe. Ensemble ils avaient convenu du rôle que chacun devait jouer, puis Bolan dit :

— Je veux que tu appelles Brognola, Leo. Tu peux lui dire que je suis là, mais ne lui dis pas ce que je compte faire. Je n'ai pas l'intention de jouer le jeu de Washington, mais en revanche j'aimerais bien entendre ce qu'on a à me dire. Je veux un dossier complet sur les militants, la situation économique, la situation politique entre les États-Unis et le Canada. Je ne veux pas qu'on omette un détail.

— C'est énorme ce que tu demandes, fit sombrement Turrin.

— C'est parce que la situation le demande. Dis à Hal que c'est ça, ou je vais faire sauter la baraque.

— Je vais essayer, dit Turrin.

Il partit encore plus ennuyé que lorsqu'il était entré.

Quelques secondes plus tard Larry Attica et les six hommes choisis par Joe Staccio s'étaient installés dans la suite et fixaient Bolan comme s'il était Dieu le Père.

— Détendez-vous, les gars, leur dit-il comme un grand seigneur. Prenez un verre, allumez une cigarette, retirez la veste. A l'aise. Ensuite on parlera de nos affaires.

Les hommes se détendirent plus que Bolan ne l'avait espéré, enchantés de passer une demi-heure en compagnie d'un véritable As Noir.

Ils discutèrent de tous les problèmes de sécurité qui se présentent au cours d'une assemblée pareille. Lorsque les chefs d'équipe ressortirent, tout sourires et bonne humeur, Bolan connaissait les secrets de chacun.

— Continuez le bon travail, leur dit-il. Exactement comme avant. Vous savez ce qu'il faut faire. Mais évitez Mr. Turrin, ne lui posez pas de problème. Il a son travail à faire aussi, et il ne faut pas que nous nous gênions. Vous connaissez le problème.

Bien entendu, ils connaissaient tous le problème. Ils partirent vers l'ascenseur en riant comme des adolescents. Bolan leur fit un petit signe amical puis referma la porte de sa suite.

L'ennui c'est qu'il ne lui restait pas beaucoup de temps avant de passer à l'action, et il ne pouvait rien faire avant d'avoir reçu le dossier qu'il avait réclamé. Il ne pouvait pas continuer indéfiniment à jouer ce rôle d'As Noir ; tôt ou tard quelqu'un allait le reconnaître.

Il consulta sa montre et se demanda où était Joe Staccio. Il ne se passerait pas longtemps avant que celui-ci vienne vérifier l'identité d'un certain Frank Ruggi, accrédité par la *Commissione*. Combien de temps... ?

Bolan poussa un long soupir, se vida la tête. Il n'avait pas dormi depuis plus de trente-six heures et ses yeux se fermaient d'eux-mêmes.

Il entra dans la chambre à coucher, retira ses chaussures et sa veste, s'allongea sur le lit, ôta le cran de sécurité du Beretta et sombra aussitôt dans un sommeil léger qu'il appelait « le sommeil de combat ». Les yeux ne se fermaient jamais complètement, tous les instincts du grand félin restaient en éveil. Mais Mack Bolan parvenait à se reposer ainsi.

Subitement il revint à lui. Il ne fit aucun mouvement; seuls ses yeux bougèrent. Qu'est-ce qui l'avait réveillé? Depuis combien de temps dormait-il?

Il refusa de consulter sa montre, mais comme la lumière dans la chambre avait changé, il estima qu'il s'était passé quelques heures. Il commençait à faire nuit.

Il sentit la présence s'approcher. Il se préparait à bondir du lit lorsque la fille apparut près de la porte. Elle s'arrêta là et, immobile, le fixa pendant quelques instants avant d'entrer dans la chambre.

Bolan ouvrit les yeux, leva le Beretta.

— Tu n'as pas frappé, dit-il froidement.

Sa voix était jeune et émue :

— Si, comme ça.

Elle frôla la porte de ses doigts, un geste timide et enfantin.

Il ricana.

— Comme ça peut-être. Pourquoi?

— Pourquoi quoi?

— Pourquoi as-tu frappé?

— Parce que je voulais entrer.

— Tu es entrée de toute façon.

— Je vous en prie, rangez cette arme, demanda-t-elle d'une voix encore tremblante.

Elle était très belle. Un mètre soixante-dix, des yeux étranges, une peau très lisse. Française, sans aucun doute, avec un corps superbe. Elle portait une espèce de blouse en soie qui soulignait plus qu'elle ne voilait les formes de la jeune fille.

— Viens là, dit brutalement Bolan.

Elle s'avança jusqu'au bord du lit. Il la fit tourner sur elle-même, la fit s'asseoir puis rangea le Beretta en soupirant.

— Un monde fou, fou, fou, hein? Dire qu'on ne peut faire confiance à personne, même pas à une jolie petite comme toi. Qu'est-ce que tu fais ici?

— On m'a envoyée, dit-elle en baissant les yeux.

— Qui t'a envoyée?

— L'homme qui dirige tout. Je ne me souviens pas de son nom, mais il a dit que vous aviez besoin de vous détendre.

Bolan ne la croyait pas. Il en avait vu de toutes les couleurs, de tous les formats. Cette fille ne correspondait à rien de ce qu'il connaissait. Il lui dit :

— Allez, déshabille-toi.

Elle leva rapidement les yeux, effrayée et résignée en même temps.

— Est-ce que je... je peux me servir de la salle de bains?

— Qui t'a envoyée déjà?

— L'homme en bas.

— Attica?

— Oui, Mr. Attica.

— Il t'a fait entrer.

Elle agita la tête.

— Est-ce que je peux me servir de la salle de bains?

— Il n'y a pas de fenêtre là-dedans, ma petite. Et s'il y en avait, c'est trop haut pour sauter.

— Je... je ne sais pas ce que vous voulez dire.

Il lui sourit, s'écarta.

— Droit devant toi.

Elle s'arrêta près de la porte, se retourna, le fixa brièvement, entra dans la salle de bains. Il entendit se fermer la serrure. Poussant un soupir, il prit le téléphone.

— Non, je t'ai envoyé personne, s'exclama Larry Attica après quelques instants. Mais dis-moi ce que tu veux, je te l'enverrai tout de suite.

— Merci, mais j'ai déjà tout ce qu'il me faut.

Il raccrocha, regarda la porte close, se demandant ce qui se passait.

Elle ressortit entièrement nue, et il faillit en perdre haleine.

Elle avait fait un premier pas, poussée par l'esprit de bravade, mais lorsqu'elle vit les yeux de Bolan, son instinct féminin lui fit faire les pas suivants. Elle marchait bien, très bien; exactement comme une femme nue doit marcher à la rencontre d'un homme. Mais lorsqu'elle arriva à un mètre de lui, son cran lui fit défaut. Elle s'arrêta, les yeux pleins de larmes, se rongea la lèvre pour l'empêcher de trembler.

Bolan ne put supporter de voir cela. Il partit dans la salle de bains, prit la robe en soie qui gisait en boule sur les carreaux, revint la lui poser sur les épaules.

— Jusqu'où comptais-tu aller? demanda-t-il d'une voix rauque.

— Jusqu'au bout, chuchota-t-elle. J'ai besoin d'argent.

— Foutaises! Tu n'es pas venue pour du fric, et ce n'est pas Attica qui t'a envoyée. Alors qui?

— Je ne sais pas ce que...

— Habille-toi!

Elle repartit dans la salle de bains en trébuchant, se mit à pleurer à chaudes larmes. Bolan fit les cent pas en regardant la porte. Les lamentations se terminèrent enfin et il entendit couler l'eau. Quelques secondes plus tard elle ressortit, habillée de nouveau, l'expression presque normale. Elle se tapotait les joues avec une serviette humide.

D'un air dégoûté Bolan lui dit :

— Tu es la plus mauvaise racoleuse que j'aie jamais vue.

Gênée, elle haussa les épaules.

— Tu veux me dire pourquoi?

— Non, je ne peux pas.

— OK, gronda-t-il. Au revoir.

— Je peux m'en aller? Vous n'allez pas me battre? Pas me brûler la plante des pieds avec une cigarette?

— Mais pour quoi faire?

Elle lui sourit timidement, partit ranger la serviette dans la salle de bains.

— Je peux m'en aller maintenant? demanda-t-elle doucement.

— Je t'ai dit de t'en aller.

— Mais est-ce que je *dois* m'en aller tout de suite?

— Eh merde! fit Bolan d'une voix exaspérée.

Il partit dans le salon. Elle le regarda se verser une tasse de café.

— T' en veux? gronda-t-il.

— Du café? Non. Merci.

Il but une gorgée, fit la grimace, dit brusquement :

— Tu ferais mieux de te casser, petite. Je ne sais pas pourquoi tu es venue — et en fait je m'en fous, mais tu n'es pas dans ton élément ici. Rentre chez toi.

Elle faisait pourtant de son mieux pour tenir le coup et rester.

— Je suis désolée de m'être dégonflée. Est-ce que... est-ce qu'on ne pourrait pas essayer encore une fois?

Ses doigts passèrent rapidement sur les boutons de la robe.

— Je vous promets que je ne pleurerai plus.

— Ne fais pas ça, dit-il plus doucement.

— Je suis... je m'appelle Betsy Gordon.

Il secoua la tête.

— Ça ne colle pas. Tu es Française.

— Par ma mère. J'ai fait une partie de mes études aux États-Unis, le reste au Québec. Je suis à l'Université de Montréal maintenant. Je fais des études d'art dramatique.

— Tant mieux, dit Bolan. Mais ton petit numéro ne vaut pas un clou. Zéro sur vingt. Pas de diplôme ce soir. Maintenant va t'en. J'ai des choses à faire.

Sa lèvre inférieure se remit à trembloter, elle était de nouveau au bord des larmes.

Bolan s'approcha de la fenêtre, lui lança par-dessus l'épaule :

— Mais qu'est-ce que tu me veux? Qu'est-ce qui se passe?

— Vous n'êtes pas aussi dur qu'on le dit, fit la fille.

— Ne compte pas trop dessus.

— Vous n'êtes pas qui on m'a dit non plus.

— Et qu'est-ce qu'on t'a dit?

— Que vous étiez le « super-mauvais » qui dirigeait tout.

Il se tourna vers elle, la mine terrifiante, prêt à la terroriser.

— Viens là, gronda-t-il. Je vais te montrer qui dirige quoi!

La robe tomba aussitôt par terre. Il ne lui restait qu'un minuscule slip qui ne cachait rien du tout. Prenant sur lui-même, il traversa la distance qui les séparait de deux pas décidés.

Ses yeux étaient immenses, elle était paralysée de terreur.

Il perdit aussitôt ses moyens, mais lui saisit les cheveux dans la nuque, renversa brutalement sa belle tête.

— Tu peux te vanter d'avoir eu de la chance que je ne sois pas ce qu'on t'a dit, petite, cracha-t-il méchamment. Je t'aurais bouffée toute crue.

Il la poussa violemment vers la chambre à coucher, jeta la robe derrière elle. La fille tomba sur le lit en sanglotant.

Il s'interdit d'aller la consoler, décida de se détendre et fut interrompu par des coups frappés à la porte.

La fille leva les yeux, paniquée, par miracle ses larmes cessèrent de couler comme si on avait fermé le robinet.

Bolan lui envoya un regard lourd de sous-entendus, lui dit à voix basse :

— Sous les couvertures. Défais-toi les cheveux !

Il ferma la porte, traversa la pièce.

— Oui, oui, un instant, cria-t-il à travers la porte à celui qui s'impatientait dans le couloir.

C'est à cet instant qu'il se rendit compte que la chaîne de sécurité était toujours en place ; sa porte était fermée de l'intérieur. Personne n'aurait pu y passer s'il ne l'avait pas retirée. Il jeta un coup d'œil étonné vers la porte close de la chambre à coucher et commença à se poser des questions.

Quelle nuit !

Une fille nue dans son lit — pour Dieu sait quelle raison ! — et un requin dans le couloir qui attendait devant une porte dont personne ne s'était servie depuis plusieurs heures.

— Une minute, gronda-t-il d'une voix mauvaise.

Il partit examiner les fenêtres à la hâte. Il les avait déjà vérifiées une fois auparavant. Il obtint le même résultat, arriva à la même conclusion : il était impossible d'entrer dans sa suite sans passer par la porte d'entrée. De plus, on ne pouvait pas entrer dans la chambre sans passer par le salon. Impossible d'y entrer ou d'en ressortir.

Il revint près de la porte, l'entrebâilla en laissant en place la chaîne de sécurité.

— Qui c'est? gronda-t-il.

— C'est Joe, répondit une voix furieuse. Joe Staccio. Laisse-moi entrer.

C'était une situation épatante.

Quelle belle nuit en perspective!

CHAPITRE IX

Joe Staccio était un capo. Même un As Noir ne pouvait pas se permettre d'irriter un capo sans subir les conséquences.

Il existait pourtant des circonstances exceptionnelles durant lesquelles il le pouvait. Les As Noir constituaient une espèce de Gestapo — une police secrète qui ne rendait de comptes qu'à la *Commissione*, qui n'était qu'un conseil de capos. Mais, bien entendu, les décisions du conseil portaient beaucoup plus de poids que les désirs d'un capo individuel.

Les As Noir étaient la manifestation physique de la *Commissione*. Ils avaient le droit de supprimer un capo individuel à condition d'en avoir reçu l'ordre de la *Commissione*. Ils pouvaient même — exceptionnellement — agir de leur propre chef. Mike Talifero avait tué Ciro Lavangetta à

Miami, et cette exécution cérémoniale n'avait pas eu de répercussions pour Talifero. Bolan lui-même avait réussi une fois déjà à se faire passer pour un As Noir et avait supprimé le vieil Angeletti de Philadelphie.

C'était possible, mais délicat à réussir.

Le tout était d'oser.

— Joe! fit Bolan à travers la fissure de la porte. Formidable! Je voulais te joindre. Écoute, je suis au téléphone avec tu-sais-qui en ce moment, mais il faut que je te parle tout de suite après. Je voudrais que tu...

— Ouvre-moi cette putain de porte! tonitrua Staccio. J'ai pas l'habitude de bavasser dans un couloir d'hôtel!

— Fais ce que je te dis, Joe. Tes hommes sont avec toi?

— Évidemment que mes hommes sont avec moi! Justement ça me fait penser à autre chose! Pourquoi as-tu fait rentrer toutes les équipes qui faisaient le planton? Qu'est-ce qui se passe ici? J'ai posté des types dans tous les sens, et je reviens pour les voir en train de se saouler la gueule au bar.

Visiblement il était furieux.

— C'est moi qui les ai fait rentrer, Joe. Le type est déjà arrivé. Il est à Montréal.

Alors voilà ce que je voudrais que tu fasses. Monte dans ta suite au dernier étage, et n'en bouge pas. Tu restes là jusqu'à...

— Qui es-tu? beugla le capo. Où est Leo? Qu'est-ce qui se passe, bordel!

— Joe, on vient de me tirer dessus à travers la fenêtre, il n'y a pas cinq minutes. Monte dans ta suite, fais comme je te dis. Eh merde... Qui y a-t-il dehors avec toi?

Bolan avait aperçu la silhouette élégante du petit Al DeChristi.

— Al? Tu es là?

— Je suis là.

— Rends-moi service, Al. Fais-le monter, entoure-le bien. Ne te laisse pas faire, même s'il gueule. Protège-le.

— Bien sûr, je comprends, répondit le garde du corps d'une voix tendue. Allez, monsieur Staccio. Vous avez entendu le monsieur. Ce n'est pas prudent de rester là.

Staccio vomissait des obscénités, mais sa voix s'éloignait et Bolan comprit qu'il avait momentanément gagné la partie.

Il s'était accordé un moment de répit.

Il referma la porte, partit vers la chambre à coucher. Le téléphone sonna, l'arrêta à mi-chemin. Il saisit l'appareil.

— Oui, fit-il prudemment.

— C'est Leo.

— Tant mieux. Devine qui était devant ma porte il y a trente secondes?

— Il n'y est plus?

— Je me suis arrangé pour le faire monter chez-lui. Qu'est-ce qui se passe?

— Je t'appelais juste pour te dire qu'il était de retour et de faire attention. J'ai un paquet pour toi. Je monte.

— Fais vite si tu comptes me trouver.

Bolan raccrocha, entra dans la chambre à coucher pour s'expliquer avec la fille.

Elle n'était plus là.

Elle n'était pas sous le lit, elle n'était pas dans la salle de bains, elle ne se cachait derrière aucun meuble ni sur la rambarde de la fenêtre parce qu'il n'y avait pas de rambarde aux fenêtres. Elle ne se trouvait ni dans les placards ni dans les tiroirs de la commode ni au fond de la tuyauterie du bidet. Bolan n'en revenait pas.

Il commençait à vérifier les panneaux des cloisons lorsque Leo Turrin frappa doucement à la porte.

— Ça va barder, annonça l'homme de Pittsfield en entrant dans le salon d'un pas vif. Ramasse tes billes et fous le camp!

— J'ai décidé de rester, dit calmement Bolan.

— C'est parfaitement con comme décision, et tu le sais !

— Il y a des tas de choses qui paraissent con à première vue, Leo. Écoute, il y a une superbe fille qui est entrée ici, et elle est ressortie. Mais elle ne s'est servie ni des portes ni des fenêtres. Je ne rêvais pas, et je n'ai rien bu.

Il leva la main, y trouva un long cheveu noir.

— Cet endroit recèle des secrets. Je me propose de les découvrir.

Turrin lui tendit l'épaisse enveloppe qui contenait le dossier.

— Je ne comprends rien. De quoi parles-tu ?

— Laisse tomber. Je reste. Je ne pars pas. Sors et laisse-moi étudier ce dossier.

L'homme de Pittsfield arborait une expression d'extrême inquiétude.

— Je ne sais pas pourquoi je m'intéresse à toi, tu n'en fais qu'à ta tête. Mais il y en a plus que dans le dossier. Le mieux que tu puisses faire, c'est poser une bombe et foutre le camp. Ce n'est pas une mauvaise idée d'ailleurs. Les meilleurs éléments du crime international sont dans cet hôtel. Tu pourrais en supprimer au moins la moitié.

— Bien sûr, gronda Bolan. En même

temps qu'une centaine d'employés du même hôtel, une douzaine de pompiers, et tout un pâté de maisons. Dis-moi, Leo, tu as bu ou quoi?

— Je plaisantais, soupira Turrin. Mais c'est une idée amusante, non?

— Ne me tente pas. Qu'y a-t-il dans le dossier?

— Hal me l'a téléxé de Washington, j'ai été le prendre dans un de nos bureaux secrets ici. Pour la plupart, ce sont des renseignements anodins. Les autres sont trop dangereux pour les téléxer. Hal m'en a parlé au téléphone sur une ligne brouillée. Ça me prendra au moins une heure pour tout te raconter.

— Donne-moi l'essentiel, je n'aurai pas le temps d'écouter le reste. Je dispose d'une heure au grand maximum.

— Il se pourrait que tu ne disposes que d'une minute, mon vieux. Je serai aussi bref que possible, mais ne m'en veux pas si tu as l'impression d'entendre des conneries. Crois-moi lorsque je te dis que les conclusions sont justifiées et n'oublie pas que je vais omettre les détails.

— Je t'écoute, fit Bolan en allumant une cigarette.

Il accorda ensuite la moitié de son attention à Turrin, l'autre moitié à ce qui se passait dans le couloir.

— D'abord nos rapports avec le Canada n'ont jamais été plus mauvais depuis la Révolution. Il y a du ressentiment à cause de notre économie, de la balance du commerce, et du fait que le Canada dépend presque entièrement de nous à cause de nos marchés.

— Je vois très bien. Ensuite.

— L'énergie, fit amèrement Turrin. Les Canadiens ne supportent pas que nous projetions d'installer les pipe-lines en provenance de l'Alaska. Ils envisagent de ne plus nous vendre de pétrole. Aussi, il y a une meute qui crie « Québec Libre! » Tu vois?

— Oui. Continue.

— Le gouvernement canadien a de réels problèmes, sergent. Le Québec présente une difficulté supplémentaire. Un peu moins de vingt pour cent de la population est francophone. C'est une minorité à peu près égale à notre population noire. Beaucoup ne vivent pas mieux. Montréal est la plus grande ville du Canada, et la plupart des citoyens canadiens de langue française y vivent. Il y a un très fort sentiment anti-anglais et anti-américain. L'anti-américanisme n'est pas une mauvaise chose pour un pays en voie de développement — ce qui est sans aucun doute le cas du Canada — à condition que ça ne sorte pas des limites du raisonnable. C'est du moins l'avis de Washington. Mais en ce moment le baromètre officiel pique du nez; il y a une crise politique, une crise commerciale, et une crise énergétique. La grande crise, quoi.

— Ce qui crée un terrain de prédilection pour les manipulateurs qui viennent de l'extérieur.

— Oui. Les gens du *Justice Department* en ont plus que l'impression, c'est une conviction intime. A cause de la tension générale il y a peu de coopération entre Ottawa et Washington, presque aucun renseignement utile ne nous parvient de Montréal. Les agents fédéraux canadiens sont sur place, bien entendu, mais ils ne savent pas exactement comment s'y prendre avec un Premier ministre français, ils ne savent plus à qui ils doivent rendre des comptes : Ottawa ou Québec. Donc on ne peut pas compter sur la coopération de Montréal. D'ailleurs on n'a appris que la rencontre se préparait que par nos propres indicateurs.

— Quand en as-tu entendu parler pour la première fois, Leo?

— Hier soir.

— C'est si secret que ça?

— Absolument. Je n'ai jamais vu les types parler moins. Personne ne savait rien, sauf ceux qui devaient y assister ou qui devaient l'organiser.

— C'est donc très important.

— C'est colossal.

— Quelles sont les conclusions de Washington?

Turrin fit la grimace, mordilla son cigare.

— C'est un peu dur à gober.

— Allez, dis-moi. J'ai déjà mes propres idées là-dessus. Je crois que ça les confirmera.

— Une prise de possession.

— Quoi? Du tout?

— De tout le Québec. Staccio travaille dans le coin en douceur depuis son retour d'Angleterre — tu te souviens de ça.

Turrin ricana brièvement. Bolan lui sourit.

— Oui. Qu'est-ce qu'il a fait? Recruter des militaires?

— A peu près. Connais-tu le Q.L.?

Bolan secoua la tête.

— Québec Libre. C'est le nom de l'armée de libération depuis que le F.L.Q. s'est fait épingler.

— Le F.L.Q.?

— Front de Libération du Québec, expliqua Turrin. Un groupe de terroristes, surtout des jeunes. Ils ont kidnappé un diplomate anglais et le ministre du Travail québecois. Le ministre a été tué. Le F.L.Q. a revendiqué le meurtre, ce qui était une erreur, parce que les Anglais prennent les assassinats au sérieux. La police a arrêté tous les membres du groupe. Fin du mouvement. Puis le Q.L. a fait son apparition.

— Et Joe Staccio leur a dit quoi?

— Sûrement tout ce qu'ils avaient envie d'entendre. Hal a refait le point depuis que nous avons pris connaissance de la rencontre. On a l'impression que Staccio a apporté beaucoup d'argent et beaucoup d'armes.

— En échange de quoi?

— De la crise, fit amèrement Turrin.

— Tu m'as dit qu'il s'agissait de gosses.

— En grande partie, oui. Mais apparemment ils prennent leurs ordres d'un noyau de vieux collaborateurs qui se sont installés ici depuis les jours du gouvernement de Vichy.

— Ces gosses sont bien armés?

— Je peux seulement te dire qu'il y a des

armes ultra-modernes qui ont été importées, sergent.

— Bon. Merci, Leo. Tu ferais bien de monter voir Staccio et de caser ton alibi.

— Ça peut encore attendre un moment. Si tu as vraiment l'intention de rester ici...

— N'attends pas trop longtemps, Léo. Ça va s'envenimer.

— Le venin a déjà fait son effet, annonça lugubrement Turrin. Au fait, Hal voulait que tu fasses quelque chose.

— Le fil à la patte? s'enquit Bolan en souriant.

Turrin s'esclaffa brièvement.

— Non, il a pensé que tu aurais besoin d'un contact avec le Q.L. Il dit que si les choses se gâtent vraiment de contacter un certain André Chebleu. Tu connais ce nom?

— Est-ce que tu te souviens des filles Rangers?

— Difficiles à oublier, sergent.

— Ce type est le frère de Georgette.

— Sans blague. Je n'y aurais jamais pensé. .

— Nous sommes déjà en rapport. Il collaborait avec Staccio du côté militant.

— Ah! Bon, je ne vois vraiment pas

pourquoi tu me demandes de te renseigner, tu en sais toujours plus que moi.

— Va-t'en, Leo. Ça va commencer.

Le petit homme lui sourit.

— Je croyais que ça avait déjà commencé.

Bolan l'accompagna à la porte, lui serra la main, le poussa dans le couloir.

Bolan se retourna et contempla le cheveu noir qu'il tenait entre ses doigts.

Quel étrange monde où une jeune fille assez timide pouvait entrer et ressortir d'une suite sans utiliser la porte, et sans donner aucune raison de sa venue.

Il fallait à tout prix trouver ce passage, sinon tout était perdu.

Il allait le trouver.

CHAPITRE X

— Tu me prends pour quoi? fulmina Staccio. Un vieux gâteux, hein?

— Mais non, monsieur Staccio, ronronna doucement Al DeChristi. Personne ne se permettrait de penser une chose pareille.

C'était la vérité. D'abord Joe Staccio n'était pas vieux; il avait à peine cinquante-huit ans. Il était fort comme un Turc, dur comme du bois, mauvais comme un cochon. Il avait survécu à plus de quarante ans dans le Milieu; on ne pouvait pas croire qu'il était gâteux. Sans compter qu'il était parvenu jusqu'au sommet de la hiérarchie de la Mafia, c'était un capo très respecté. Un jour il deviendrait sans doute le premier capo des États-Unis... du monde, quoi!

— Vous êtes le type le plus formidable

que je connaisse, monsieur Staccio, lui dit son loyal garde du corps. Ce n'est pas par manque de respect que je vous ai fait monter. C'est parce que je me fais du mauvais sang. Ça fait partie de mon boulot de m'inquiéter pour vous. Vous n'aimeriez pas avoir un garde du corps qui soit un branleur, non?

— Tu as raison, Al, lui dit Staccio en se calmant. La journée n'a pas été facile. Il se peut que je me sois un peu trop emporté.

— Ne restez pas à côté des fenêtres, hein?

Le capo ricana.

— Bien sûr, Al. Tu as raison, comme toujours.

Il s'éloigna de la grande baie vitrée qui formait tout un mur de l'appartement, se laissa choir dans un gros fauteuil en cuir près du bar.

— Donne-moi un peu de vin, Al. Du chianti. Apporte la bouteille. Je veux connaître le fond de cette histoire, et vite. Tout de suite. Qui est ce Ruggi? Je n'en ai jamais entendu parler. Tu en as entendu parler, toi, de ce Ruggi?

— Je ne crois pas, Chef, fit le garde du corps qui était passé derrière le bar pour examiner les diverses bouteilles qui s'y trouvaient. Il faut dire qu'on ne les connaît vraiment jamais, ces types. Franchement, j'aime pas ça. C'est bizarre. On leur donne le droit de changer de visage, de nom, d'aller et venir comme ils veulent et quand ils veulent. On leur donne le droit de... Enfin, j'aime pas ça.

— Tu sais bien comment ça commence, soupira Staccio.

— Vous, vous pourriez les faire arrêter, Chef.

— Oh... Les choses ont drôlement changé, Al, depuis la mort de Mike Talifero. Et il faut que les choses changent.

DeChristi apporta une bouteille de chianti et un verre en cristal étincelant. Il donna le verre à son chef, posa une serviette sur son bras et ouvrit la bouteille. Il en versa pour Staccio.

— Mike était un dur, hein, Chef?

— Pas suffisamment, fit Staccio en goûtant le vin. Dis donc, ils ont du bon pinard dans cette taule, Al. Prends-en un peu.

Le garde du corps lui sourit, partit se chercher un verre. Après avoir goûté le vin, il dit d'une voix sérieuse :

— Ce Bolan en a décimé pas mal des nôtres, n'est-ce pas?

Comme son patron ne répondit pas tout de suite, il ajouta :

— A part les frères Talifero, je veux dire.

Staccio poussa un soupir, posa son verre.

— Il a tué mon vieil ami Sergio. Il a tué DiGeorge que je ne supportais pas de toute façon. Puis voyons, il a tué — à Miami — Johnny le Musicien, George le Boucher, et Ciro Lavangetta. Il faut le compter celui-là, parce qu'il s'est arrangé pour que Mike Talifero l'assassine à sa place.

Le capo se mit à compter sur ses doigts courtauds.

— Il a descendu Arnie le Fermier et la plupart de ses hommes. A New York il a tué Freddie Gambelle — ce qui nous a tous surpris. Il s'est occupé de Don Gio à Chicago, sans parler de Pete le Camionneur, de Larry Turk et de Joliet Jake. Merde, il a balayé tout Chicago. Il a eu Pat Talifero à Las Vegas[1].

Il leva péniblement les yeux, but une gorgée de vin.

— On dit que Pat n'est plus qu'une espèce de légume. Pire que s'il était mort. Mike ne s'en est jamais remis. Je crois que

[1] Voir les *Exécuteur* précédents.

c'est ce qui l'a terminé. A cause de ça, Augie a failli y rester aussi.

— Qui d'autre? demanda DeChristi qui essayait de s'en souvenir également.

— Oh la la, faut pas les compter. C'est atroce. Quick Tony Lavagni. Le vieux Rivoli et Tony le Tigre Rivoli. On dit que Tony le Tigre était un vrai démon. Il faut dire que, pour certains, Bolan nous a rendu service. Mais il a aussi tué des hommes comme Books Figarone, mon vieil ami Manny Greco, Guarini qui était un homme très utile à l'Organisation. Il y a eu Smiling Jack Lupo et Bonbon Phil Buoni et... Eh merde, il y en a trop. Il nous a fait du mal, ce salaud.

— Pensons rien qu'aux chefs, dit DeChristi. Il y a eu Angeletti à Philadelphie. Mr. Vincenti à Detroit. Marco Vannaducci, aussi. Lui il avait bien le droit de mourir dans son lit, non?

— Oui, acquiesça tristement Staccio. Tiens, passe-moi le téléphone, Al. Je dois donner quelques coups de fil.

Le nombre des morts avait fortement impressionné Al DeChristi. Il prit le téléphone, le posa sur le bureau du capo, partit voir les gardes qu'il avait postés dans le couloir. Il était déprimé, très déprimé.

Il disposait d'une dizaine de jeunes torpilles qui composaient un véritable bouclier autour de Joe Staccio. Il aurait souhaité en avoir une dizaine de plus, et mieux encore, il aurait aimé pouvoir prendre son patron par la peau du cou, le mettre dans une voiture et quitter cet endroit qui puait le drame.

Mack Bolan était l'assassin de la Mafia.

Al DeChristi tenait à une seule chose plus que tout au monde : préserver la vie de son chef.

Bolan était un désastre ambulant. Un jour quelqu'un lui ferait la peau. Imaginez qu'il se baladait d'une ville à l'autre pour tuer des hommes honorables, comme s'il avait un droit spécial... Un droit!

DeChristi courut jusqu'à la terrasse, s'adressa à son second :

— Redescends! cracha-t-il. Va voir ce mec Ruggi. Quelque chose ne tourne pas rond, je le sens. Ramène-le ici, par la peau des fesses s'il le faut. Défonce la porte, fais ce que tu voudras, mais ramène-le moi.

— Je vais avoir besoin de quelques gars, Al.

— Tous ceux que tu veux, mais pas ceux qui entourent Mr. Staccio. Vas-y, file!

Le jeune homme partit au trot et DeChristi poursuivit sa ronde.

En deux minutes il fut convaincu que tout allait bien. Ses hommes étaient alertes, sur le qui-vive, voire désireux qu'il se passe quelque chose pour briser la monotonie de leur veille.

Pourtant, le petit garde du corps ne se sentait toujours pas dans son assiette.

Il revint dans la salle de séjour, s'approcha doucement de son chef. Il était toujours assis où DeChristi l'avait laissé, un peu tassé dans le fauteuil, le verre de vin sur la table, le téléphone sur les genoux.

Évidemment il avait passé une rude journée. Peut-être Mr. Staccio vieillissait-il après tout.

Mais DeChristi ne l'avait jamais vu s'assoupir de la sorte, comme une lampe qu'on éteint.

Subitement le petit Al eut la respiration coupée, un sentiment de terreur s'empara de lui, commença à le faire trembler. Il fit un bond jusqu'au fauteuil, posa la main sur la tête baissée de Joe Staccio — et poussa un hurlement qu'on entendit jusqu'au fond du couloir.

Joe Staccio était mort. Il était tout ce

qu'il y a de plus mort, car on lui avait tranché la gorge d'une oreille à l'autre.

Dans le verre de vin que le petit Al avait versé quelques minutes auparavant, il y avait un objet odieux, un objet familier.

C'était une piéçette en métal — une croix et une cible.

L'assassin avait frappé encore.

Joe Staccio avait rejoint ses pairs défunts.

La guerre venait d'éclater à Montréal.

CHAPITRE XI

Leo Turrin arriva dans l'appartement de Staccio en courant derrière une cohorte de gardes, attiré par les hurlements qui provenaient de la salle de séjour, se demandant ce qui s'y passait.

Le petit Al DeChristi se tenait près de Joe Staccio, assoupi dans un fauteuil, lui tenait la tête des deux mains et pleurait comme un enfant.

Turrin prit immédiatement les choses en main, envoya des hommes fouiller la chambre à coucher, prenant lui-même le petit DeChristi par les épaules pour lui faire lâcher son chef mort.

— Doux Jésus ! s'écria-t-il d'une voix stupéfaite.

Et il faut avouer qu'il ne feignait pas.

— Que s'est-il passé ici, Al ?

— Égorgé, égorgé... Putain, Mr. Turrin...

Pourquoi a-t-il fallu qu'il le fasse comme ça? C'est... c'est...

Leo n'avait jamais entretenu des rapports amicaux avec Staccio. Ils avaient eu des rapports d'affaires, sans plus. Mais il ne put s'empêcher de s'émouvoir en voyant le réel désespoir du petit Al DeChristi qui avait été le garde du corps de Staccio pendant plus de dix ans. Un chef garde du corps qui occupait aussi longtemps un poste, était forcément plus qu'un employé. C'était un ami, un homme de confiance, une bonne à tout faire et une mère-poule. Leo Turrin comprenait le malheureux petit homme.

— Qui a fait ça, Al? demanda-t-il d'une voix égale.

— Un fumier! s'écria DeChristi à travers ses larmes. Et je sais qui c'est, Mr. Turrin. Je veux dire, *vraiment*. Je vais lui découper le cœur. C'est mon droit, il est à moi.

— Mais bien sûr, dit Turrin. De qui parles-tu?

Les yeux pleins de larmes fixèrent le verre de vin dans lequel se trouvait la médaille de tireur d'élite.

— Eh merde, fit Turrin.

— Je sais qui c'est. C'est ce Ruggi.

Larry Attica arriva en courant. Il s'écria :

— *Ruggi* a fait ça?

— Al n'est plus lui-même, il ne sait pas ce qu'il dit, fit Turrin. Ruggi n'aurait pas pu faire ça, je viens de le quitter. Il est dans sa chambre. J'en viens.

Une rafale de coups de feu se fit entendre sur la terrasse, coupant court à la conversation. Malgré ses larmes, le petit Al fut le premier à dégainer son arme. Il traversait déjà la pièce lorsque les autres commencèrent à réagir.

Lorsque Leo Turrin arriva sur la terrasse tout était illuminé par les flammèches des coups de feu. Debout sur un mur en brique à quelques mètres du vide, se profilait une silhouette noire avec une espèce de canon à la main et qui tirait méthodiquement sur tout ce qui bougeait. Deux hommes gisaient déjà dans une flaque de sang, un troisième partit se fracasser contre un grand pot en terre cuite dans lequel se balançait un palmier.

Le petit Al avait tendu le bras et répondait courageusement au feu de la silhouette noire. Le feu de ce dernier bifurqua, longea la terrasse, et trois balles sifflèrent près des oreilles de Turrin. Il s'aplatit aussitôt, tira trois fois en l'air pour la galerie.

Le petit Al rechargeait son pistolet et courait vers le mur en brique en même temps. Le grand type le vit arriver, le laissa venir jusqu'au dernier moment puis lui traça une raie dans les cheveux avec une balle bien placée.

DeChristi fit un roulé-boulé, s'étala sur la pelouse artificielle. Turrin regarda brièvement cette chute spectaculaire, releva les yeux, vit que l'homme en noir avait disparu.

Les coups de feu cessèrent aussitôt comme par enchantement.

Larry Attica, caché derrière un pilier de la terrasse, appela :

— Monsieur Turrin, ça va?

— Ça va, gronda Turrin. Où est-il parti?

— Putain! J'en sais rien.

Turrin laissa passer cinq secondes, poussa un soupir, donna l'ordre général :

— Allez voir ça!

— Oui, monsieur! Les gars, avancez là-bas. Restez à couvert. Charlie, emmène quelques-uns par l'autre côté. On va l'avoir ce coup-ci. Ne le laissez pas quitter le toit!

Décidés, les mafiosi couvrirent toute la terrasse. Turrin se leva, contempla le champ de bataille.

Que faire à présent?

Le sergent avait tout foutu en l'air.

Il n'y avait pas d'issue.

Il partit d'un pas lent auprès de la forme allongée de Al DeChristi qui tressautait faiblement. Il était affaibli, sonné. Une fine plaie rougeoyante traversait son cuir chevelu. Mais ses jours n'étaient pas en danger.

— Vous croyez qu'on l'a eu? dit-il d'une voix éraillée.

— Je le pense, dit doucement Turrin.

— J'ai perdu les pédales, monsieur Turrin.

— Non, tu as été formidable. Et tu as eu de la chance. Il t'a juste effleuré.

— Je voyais le canon de son flingue gros comme une maison.

— Alors tu peux remercier le Ciel, dit Turrin.

Il rentra dans la salle de séjour de l'appartement et regardait la dépouille sanglante de Staccio lorsque Larry Attica entra, faisant une sale tête.

— J'y comprends rien, fit le chef d'équipe, mais ce fumier a disparu. Il n'est plus là. J'ai obligé les gars à se tenir la main, d'aller d'un côté de la terrasse à l'autre. Personne, rien, *nada*. Comment est-ce qu'il fait?

Un autre homme entra, s'adressa à Larry Attica.

— Pas de corde, pas de crochet, Larry. On ne trouve absolument rien.

— Regardez en bas, dit Turrin.

— Mais nous sommes au quinzième, dit Attica.

— Justement. Il est peut-être tombé.

Attica claqua les doigts, expédia deux hommes au rez-de-chaussée.

Le petit Al entra d'un pas hésitant, un peu de sang sur le front.

— Est-ce que vous avez bien dit qu'on l'a raté? demanda-t-il à la volée.

Attica lui répondit :

— J'ai l'impression qu'il a réussi son coup. Mais on continue à le chercher. Je suis désolé pour le chef, Al. C'est terrible.

— Je vais élucider le mystère une fois pour toutes, dit le petit garde du corps.

Il vérifia le chargement de son pistolet.

— Vous voulez m'accompagner, monsieur Turrin?

— Où allons-nous? demanda Turrin qui arborait une expression d'inquiétude.

— Je crois qu'on doit aller voir dans cette chambre en bas. La vôtre. Celle de Ruggi. J'aimerais bien voir qui s'y trouve en ce moment.

— Va te coucher, Al, fit Turrin. Tu dis des conneries.

— Sauf votre respect, monsieur Turrin, je n'ai jamais pensé plus juste qu'en ce moment. Il faut que j'aille voir de mes propres yeux.

— On va tous y aller, dit Attica.

— OK, dit l'homme de Pittsfield qui était l'expert ès Bolan. Allons-y.

Leo Turrin eut l'impression d'être un condamné qu'on va conduire à l'échafaud.

Attica dit :

— En attendant qu'on ait tout éclairci, je parlerai pour Mr. Staccio. Donnez-moi votre pistolet, monsieur Turrin.

— Vous êtes tous fous ou quoi? cracha Turrin. Tu comprends ce que tu dis? Est-ce que tu sais à qui tu parles?

— Le pistolet, monsieur. Je suis désolé. Mais vous savez bien que j'ai raison.

Attica avait un droit moral et Turrin le savait. Il n'y avait aucun moyen de l'intimider en poussant des gueulantes. Il avait raison, Leo avait tort. Augie lui-même serait le premier à donner raison à Attica.

Il tendit son Colt et ils quittèrent tous l'appartement du dernier étage.

CHAPITRE XII

Lorsqu'ils arrivèrent au cinquième étage, Leo vit passer quatre types dont le second d'Al DeChristi. Le jeune homme ouvrit de grands yeux en voyant le front dégoulinant de DeChristi, mais ne dit rien.

— C'est seulement maintenant que tu arrives? gronda DeChristi.

— Il a fallu trouver des hommes, Al. Ça n'a pas pris plus d'une minute.

— Un peu longue, ta minute, siffla DeChristi.

Aux oreilles de Turrin il avait acquis exactement la voix et le ton du défunt Joe Staccio.

— Reste ici, fit le garde de corps. On aura peut-être besoin de toi.

Le jeune homme acquiesça, les yeux rivés sur la blessure du petit homme. Il ne posa aucune question à ce sujet et resta en place avec ses trois assistants tandis que le groupe Attica-Turrin-DeChristi continuait jusqu'à la suite de Ruggi.

Turrin jeta un coup d'œil nerveux autour de lui puis s'efforçant de sourire, il frappa sèchement à la porte.

Il entendit bouger de l'autre côté.

Il se retourna pour regarder ceux qui se tenaient derrière lui, il frappa une seconde fois.

La porte s'entrouvrit, la chaîne de sécurité était mise. Le cœur de Turrin commença à battre normalement.

— Qu'est-ce que tu veux, Leo? lui demanda une voix qu'il aurait reconnue entre mille.

— Tout va bien là-dedans, Frank?

— Ici? Oui, bien sûr. Pourquoi, ça ne devrait pas?

— On vient d'avoir des ennuis sur le toit. Joe Staccio est mort. Quelques hommes aussi. On voulait juste savoir où tu étais.

Turrin se retourna, le regard dur. Il s'adressa à Larry Attica :

— Je comprends la réaction d'Al, cracha-t-il. Mais la tienne me dépasse.

Larry Attica sourit jaune. Le petit Al arborait une expression d'incrédulité. Turrin s'était retourné et commençait à s'éloigner lorsque la porte s'ouvrit complètement, et Frank Ruggi sortit dans le couloir — normalement vêtu avec un veston et même sa cravate.

— Où est-ce que vous allez comme ça? dit-il. Vous arrivez comme des fleurs, vous me balancez une nouvelle pareille comme si de rien n'était et vous repartez aussi sec?

— Il... il faut que nous fassions connaître la nouvelle, Frank, dit Turrin qui paraissait assez mal à son aise.

— Entrez tout de suite! Tous!

Les trois hommes échangèrent un regard puis entrèrent dans le salon de Ruggi. Celui-ci referma la porte, s'y adossa, leur dit :

— Qu'est-ce que vous me dites à propos de Staccio?

Turrin se demanda subitement qui était cet homme qu'il avait vu jouer tant de rôles différents. Il s'efforça néanmoins d'expliquer ce qui s'était passé au sommet de l'immeuble. Durant ce temps, le petit Al DeChristi déambula lentement dans la pièce tandis que Larry Attica restait figé sur place, l'air idiot et gêné.

— Racontez donc tout, dit enfin Attica en allant rendre son arme à Turrin.

Il s'adressa ensuite à Frank Ruggi :

— Al s'est piqué de l'idée que vous étiez peut-être ce Bolan. Quand il a dit ça, je n'avais pas d'autre choix que de vérifier.

Ruggi arborait une expression d'étonnement.

— Oui, je comprends que tu aies voulu vérifier, dit-il. Mais pourquoi avoir pris le pistolet de Leo?

— Eh bien...

Le chef d'équipe était visiblement très embarrassé.

— Il t'a soutenu, Frank.

— Toi aussi, gronda Ruggi. Pourquoi on ne t'a pas pris le tien?

— Non, tu ne comprends pas. Tu vois, Leo connaît ce Bolan depuis toujours. Si tu es Bolan et que Leo dit que tu ne l'es pas, ça voudrait dire que...

Frank Ruggi commença à s'esclaffer. Leo Turrin ricana et Attica se mit à rire lui aussi. Seul DeChristi ne semblait pas apprécier l'humour de la situation.

— Joe vient tout juste de mourir, dit-il tristement.

— Al a raison, nous avons tort, dit Ruggi en adoptant aussitôt une mine de circonstance.

— Je vois le trou dans la fenêtre, dit DeChristi.

— Tu ne croyais pas qu'il y en avait un, n'est-ce pas?

— Franchement, non, monsieur. J'étais sur les nerfs et puis tout ça est arrivé et...

— Tu avais raison d'être nerveux, c'est ton boulot, continue à l'être.

— Merci, monsieur Ruggi. Excusez-moi de vous avoir accusé. Je vais remonter. Le patron a... a besoin de moi.

— Une seconde, Al, dit Ruggi.

Il jeta un coup d'œil sur Attica et Turrin.

— C'est un sac de nœuds, dit-il. Ça pourrait compromettre la rencontre.

— Je vais appeler Augie, dit Turrin.

— Peut-être pas encore, dit Ruggi dont le regard se posa sur le petit garde du corps. Al?

— Oui, monsieur.

— Mets Joe au frais. Tu sais ce que je veux dire. Larry, appelle ton copain à la préfecture. Dis-lui que certains ont un peu trop bu, qu'ils se sont fait un carton sur le toit. Au cas où quelqu'un aurait téléphoné aux flics pour dire qu'il y a eu des coups de feu.

— Bien sûr, Frank.

— Leo, il nous faut une copie du

registre. Je veux qu'on poste des gardes devant la porte de tous les invités importants. Mais on ne dit rien quant à nos raisons. Compris?

— Compris, fit Turrin avec un sourire aigre.

— Al, tu dirigeras tout en haut. Dis à tes hommes de la fermer. Que personne ne sache. Entendu?

— Bien sûr. Merci, monsieur Ruggi. Vous n'entendrez pas un mot, c'est promis. Mais nous avons plusieurs morts là-haut.

— Au frais. On s'occupera correctement d'eux après. Des blessés?

— Quelques-uns avec une estafilade.

— C'est ce que tu as sur le crâne?

— Oui. Mr. Turrin m'a dit que c'était le Baiser de la Mort. Je n'ai pas besoin de toubib.

Ruggi sourit au petit homme.

— C'est parfois le destin qui veut nous prévenir, Al. Souviens-t'en. Emmenez des docteurs là-haut, mais soyez-en sûr.

— Nous avons nos propres médecins, dit Attica. Ne t'en fais pas, ils sont muets comme des carpes.

— OK, allez-y. Leo, reste avec moi, on a des choses à se dire, des problèmes à résoudre.

Attica et DeChristi se levèrent, allèrent à la porte.

— Faites gaffe à vos fesses, lança Ruggi.

Attica sortit de la suite en ricanant. DeChristi se retourna sur le pas de la porte pour demander :

— Vous voulez que je place des hommes devant cette porte, monsieur ruggi?

— Non, non, fit Ruggi. On se débrouillera tous les deux.

— Faites attention.

DeChristi ferma la porte. Bolan mit en place la chaîne de sécurité, contempla Turrin avec des yeux fatigués.

Turrin se laissa tomber sur un fauteuil, passa une main sur son visage.

Bolan alluma deux cigarettes, lui en tendit une.

— Et voilà, murmura-t-il doucement.

— Comment as-tu fait? demanda Turrin.

Bolan partit près de la cloison qui séparait la chambre du salon. Il tapota le mur.

— Il y a des secrets là-dedans, Leo. Il y a une bouche d'aération qui monte de la cave jusqu'au toit. Après tout, l'hôtel a été construit avant l'époque de l'air conditionné. Maintenant cette bouche est désaffectée. Enfin, presque.

— Presque quoi?

— Presque désaffectée. Quelqu'un s'en sert encore.

— Qu'est-ce que tu veux dire?

— Il y a une échelle d'acier qui monte sur toute la hauteur. Une échelle neuve. Une partie de la cloison de cette chambre est fausse. Dieu sait combien d'autres suites sont équipées pareillement. Il y a des petits tunnels à tous les étages, juste assez grands pour qu'un homme puisse s'en servir en marchant à quatre pattes. Il y a une entrée et une sortie, en haut et en bas. Le conduit lui-même est ancien, tout le reste est parfaitement neuf. Quand a-t-il été construit, cet hôtel?

— Montréal est une vieille ville, tu sais, fit Turrin en haussant les épaules.

— Avec des idées toutes neuves, observa Bolan. Écoute, Leo, je crois qu'on peut y arriver. Si nous parvenons à les contrôler jusqu'à demain matin, il est possible qu'il n'y ait plus personne pour assister à la rencontre.

— Mais, sergent, il y a plusieurs centaines de tueurs dans ce bâtiment. Chaque délégation est venue accompagnée par une équipe de sécurité. Je ne vois pas comment tu espères neutraliser tous ces hommes.

— Je veux seulement les chefs, Leo.

— Quand bien même...

— Et je ne laisserai plus de médailles. J'en ai laissé une en haut juste pour l'effet psychologique.

— Oui, c'est ce que je m'étais dit. Tu voulais assurer mon alibi.

Bolan haussa les épaules.

— Il le fallait bien.

— C'était quand même risqué. Il y avait une douzaine d'hommes qui te tiraient dessus. En tout cas, je te remercie.

— Ça a marché, c'est tout ce qui compte.

— Ça a failli me mener directement à la tombe, fit Turrin en lui montrant une main qui tremblait encore.

Bolan ricana, mais son rire paraissait sans humour.

— Calme-toi, Leo. Nous allons passer une nuit agitée. J'ai besoin de cette liste des gros bonnets. Je veux un plan de cet hôtel. Je veux un dossier sur le Q.L. avec la description de tous ceux qui en font partie, et je veux savoir où ils se trouvent en ce moment. Je veux une ligne directe avec Ottawa, une autre avec Washington. Je veux qu'on me trouve un hélicoptère et qu'on m'amène la caravane qui se trouve dans un camping à Bois des Filion. Je veux que la police cerne les aéroports, surveille les gares et les agences de location de voitures. Je veux qu'on coupe les lignes de téléphone de cet hôtel, qu'on invente une histoire plausible pour apaiser les clients. Je pourrais peut-être avoir besoin d'une brigade de policiers pour empêcher quiconque d'entrer ou de sortir d'ici.

— C'est tout ? soupira Turrin d'une voix lasse.

— Non. Je veux un gros steak, des pommes frites et une salade verte. Aussi du café très fort.

— Tu vas nous coûter une fortune en bouffe, fit Turrin avec un petit sourire.

— Il me faut aussi une voiture rapide, d'autres vêtements, de quoi me raser et une brosse à dents. Une carte de Montréal.

— Je devrais prendre des notes.

— Pour quoi faire ? Je n'en veux pas plus.

Le petit homme de Pittsfield se leva lentement, se dirigea vers la porte où il s'arrêta.

— Je sais, moi, ce que tu veux vraiment, sergent.

— C'est ce que nous voulons tous les deux, non ?

— Bien sûr. Un jour nous trouverons.

J'ai bien cru il y a quelques minutes que le moment était venu. Tu nous a accordé un sursis, Mack. Je me demande bien pourquoi.

— Parce que je veux les tuer d'abord, dit Bolan d'une voix de glace.

Leo Turrin sortit de la suite, ferma la porte. Il savait ce que voulait Bolan : la paix.

Seule la mort lui apporterait la paix.

CHAPITRE XIII

André Chebleu habitait le Vieux-Montréal. Les rues sinueuses, les vieux immeubles rappelaient la Nouvelle-Orléans à Bolan. Mais les gens étaient différents, l'atmosphère aussi. Il y avait une espèce d'hostilité quasi tangible.

Un air de révolution.

Chebleu était aussi français que le quartier qu'il habitait, et il était sûrement aussi mécontent que ses compatriotes, mais il était également un agent fédéral canadien. Il essayait de résoudre le problème d'une autre façon — ou, du moins, c'est ce qu'il disait à Bolan. Celui-ci ne savait plus ce qu'il croyait. Chebleu était peut-être un agent double avec une préférence pour les séparatistes.

Bolan se fichait de la politique du Canada, ce n'était pas son affaire, il ne sympathisait pas plus avec les uns qu'avec les autres. Mais si le Q.L. commençait à s'allier avec la Mafia, il lui faudrait bien s'y intéresser, et si Chebleu vascillait ce serait encore plus délicat.

Le moment était venu de le savoir, un rendez-vous avait été pris. Bolan s'y rendait prudemment. Il passa deux fois dans la rue, rangea la voiture à quelques centaines de mètres de l'immeuble, revint lentement à pied, humant l'atmosphère au passage.

Tout le monde dans la rue parlait français. Lorsqu'il entendit des slogans publicitaires à la radio en passant devant une fenêtre ouverte, ils étaient aussi en français. Les pancartes et les panneaux publicitaires s'adressaient tous à un public français. Les badauds paraissaient déambuler sans but précis, des gosses jouaient au milieu de la rue, un agent de police regardait le tout d'un œil morne qui ne semblait rien voir.

Il y avait une clôture en bois devant la maison. Le portail était verrouillé, Bolan sonna, un jeune apparut presque tout de suite de l'autre côté de la grille.

— Oui?

— Je cherche André Chebleu.

— C'est ici. Entrez.

Il ouvrit le portail et Bolan entra dans la

courette. Le jeune avait environ dix-huit ans. Il referma minutieusement le portail, fit signe à Bolan de passer devant.

C'était une maison très ancienne à deux étages. Dans l'entrée il planait l'inévitable odeur de moisi.

Le jeune homme fit entrer Bolan dans une longue salle toute en boiseries au fond de la maison. Elle était meublée d'une grande table qui aurait pu accueillir une douzaine de convives. Sur un buffet ancien il y avait du pain, du fromage et du vin. Le jeune tira une chaise pour Bolan, lui indiqua la table. Il ne lui avait pas adressé la parole depuis son entrée. Bolan prit la chaise, s'assit avec raideur. Le jeune alla jusqu'au buffet, trancha le pain, coupa un morceau de fromage, versa un verre de vin, posa le tout sur la table en murmurant :

— Un moment.

Bolan goûta le fromage et le vin qui était âcre. Il alluma une cigarette. Chebleu entra presque aussitôt.

Il serra la main de Bolan qui lui demanda tout de go :

— Qu'est-ce que c'est que cet endroit?

Chebleu sourit, s'installa sur une chaise en face de lui. La lumière était faible.

Bolan ne voyait que la moitié de son visage.

— Ça ressemble à quoi? demanda Chebleu.

— A un monastère, fit Bolan en souriant. Ou alors vous n'aimez pas le confort.

— Ce n'est pas fait pour être confortable, avoua Chebleu. C'est une sorte de Q.G.

— Pour qui?

— Pour quoi, plutôt. La liberté. La justice. L'égalité. Ce sont des idéaux démodés, j'en conviens. Mais pas pour nous.

— Oui, dit Bolan. Ce sont des idéaux précieux pour ceux qui n'en bénéficient pas, André. Que faisiez-vous à Buffalo?

— Je vous l'ai dit.

— Recommencez. Redites-moi tout.

Chebleu haussa les épaules, se tourna vers la partie ombragée de la salle.

— Vous savez qui je suis et ce que je suis. Il était essentiel que nous sachions...

Il se frappa la poitrine, insista :

— Que *nous,* que *nous* sachions le prix de notre collaboration avec les États-Unis.

— De quel *nous* parlez-vous, André?

Chebleu désigna la salle d'un geste.

— Je vois, fit Bolan.

— Il y a toujours deux parents pour chaque famille, dit Chebleu.

— C'est un peu obscur, lança Bolan. De quelle famille parlez-vous.

— De la grande famille humaine. Il y a d'abord eu Adam et Ève. Un père et une mère. Le Québec est comme un enfant, un enfant abandonné pour l'instant. Mais même les enfants naturels ont deux parents. Pour le Québec le rôle du père a été tenu par la France, celui de la mère par le Canada. Le Canada conserve certains droits.

Bolan éteignit sa cigarette.

Il y eut un long silence que Bolan finit par rompre.

— On dit que c'est très dur pour les enfants d'une famille brisée.

— Je pense que c'est exact.

— Ça doit être très délicat pour l'enfant de décider de quel côté il doit pencher.

— C'est très délicat, avoua Chebleu. Il y a toujours le juste milieu.

— Un terrain intenable, dit Bolan.

— Hélas, oui.

— Que vont faire les fédéraux à propos de la rencontre?

— Rien. Attendre, observer. Pas davantage.

— Vous leur avez parlé?

— Bien sûr.

— Et la police de Québec?

— Elle n'en fera pas plus.

— Pourquoi?

Chebleu écarta les bras, les fit retomber.

— Par manque de décision pour commencer. Et puis il y a une question légale. Aucun crime n'a été commis. Aucun crime évident. La politique intervient aussi. La situation est des plus délicates.

— Quelqu'un a été acheté, grogna Bolan. Qui?

— Devinez, dit doucement Chebleu.

— Ça va jusqu'où, André?

— Assez loin pour rendre cynique toute une génération de jeunes Québecois.

— De jeunes révolutionnaires.

— Peut-être.

Bolan poussa un soupir.

— C'est un éternel recommencement, dit-il.

Il poussa un second soupir.

— C'est un mouvement essentiel dans le cycle du pouvoir.

— J'espère que la jeune génération dont vous m'avez parlé réussira à trouver le juste milieu, fit Bolan en se levant. Je suis seulement venu parce que nous avions convenu d'un rendez-vous. Aussi parce que je voulais vous dire que je ne blitzerai pas Montréal.

— Non?

— Non.

— Alors que ferez-vous?

— Je vais passer une nuit à l'hôtel en compagnie de ces messieurs. Ensuite je m'en irai.

— Comme cela?

— Oui. Au fait, j'ai fait la connaissance d'une jeune fille aujourd'hui, elle m'a sauvé la vie. Je voulais la remercier. Elle m'a dit qu'elle s'appelait Betsy Gordon, mais le nom ne lui va pas. Elle est typiquement française. Dix-neuf, vingt ans, des yeux candides, le courage d'une Jeanne d'Arc.

Chebleu le fixa longuement puis lui dit :

— Oui, je la connais. Je lui ferai part de votre message.

— Il faut que je lui parle, André.

Le Canadien le fixa longuement de nouveau puis il se leva, tendit la main.

— Dieu vous garde, Mack Bolan, dit-il doucement. Merci d'être venu. Attendez un instant, je vous envoie la fille.

Il n'y avait pas à s'y méprendre en regardant l'expression sincère et honnête de Chebleu, mais quelque chose poussa Bolan à se dissimuler dans l'ombre lorsque le Canadien quitta la salle.

Il dégaina son arme, vérifia son bon fonctionnement, la remit dans le holster sous son aisselle gauche.

Il n'attendit pas longtemps. Elle se trouvait probablement déjà quelque part dans la maison. Elle portait encore la robe de soie et il remarqua de nouveau la grâce exceptionnelle de sa démarche.

Elle ne le vit pas immédiatement. Elle regarda autour d'elle, étonnée, puis sursauta en le voyant émerger de l'ombre.

— Salut, dit-il doucement.

Elle ne pouvait pas encore le dévisager.

— Vous avez demandé à me voir, monsieur?

Il vint dans la zone illuminée, la vit réagir en le reconnaissant, ses yeux immenses écarquillés.

Enfin elle chuchota d'une voix incrédule :

— Vous... Mack Bolan?

— Je ne voulais pas vous duper, dit-il.

Visiblement mille pensées filaient à travers sa jolie tête. Elle se posait des questions et trouvait les réponses. Finalement elle parut extrêmement gênée.

Il avança une chaise.

— Asseyez-vous.

Elle s'assit, mit un coude sur la table, prit son front dans la main, fixa le bois de la table.

— Je croyais que vous étiez quelqu'un d'autre, marmonna-t-elle presque inaudiblement. A l'hôtel, je veux dire. Je me sens si bête !

— Mais bien jolie, dit Bolan. Ne vous en faites pas pour l'erreur sur la personne. C'est un compliment. Vous m'avez dit que vous faisiez des études d'art dramatique. C'est vrai ?

— C'est vrai, fit-elle d'une voix triste.

— Comment j'ai été ?

— Oh, formidable. Jusqu'au bout des ongles. Vous étiez vraiment extraordinaire.

— Comme vous alors, fit Bolan d'une voix gentille.

Elle se mit à glousser, leva la tête pour le fixer.

— J'ai cru mourir, avoua-t-elle. Lorsque vous m'avez dit de me déshabiller...

Elle commença à rire. Bolan ne savait pas vraiment si elle riait ou si elle pleurait. Sans doute les deux à la fois.

Néanmoins le moment difficile était passé — ils n'étaient plus que des copains qui avaient vécu ensemble une aventure. Ils parlèrent de tout et de rien pendant quelques minutes puis Bolan lui dit :

— J'ai besoin de votre aide. Est-ce que vous reviendriez à l'hôtel avec moi?

Elle le regarda avec des yeux lumineux, lui répondit gaiement :

— Je croyais que vous ne me le demanderiez jamais.

CHAPITRE XIV

Elle s'appelait réellement Betsy Gordon. Son père, un ingénieur américain, était monté au Canada où il avait épousé une Canadienne française du Québec et il vivait depuis à Montréal.

Le père avait tout fait pour angliciser Betsy et lui donner une éducation américaine, mais son héritage génétique avait joué. Betsy, comme sa mère, était avant tout une Québécoise.

Elle était un peu plus âgée que Bolan l'avait pensé, et avait déjà passé trois années à l'université. Ce n'était plus une adolescente mais elle devenait enfantine par moments.

Durant le trajet qui les ramena à l'hôtel elle refusa de parler du Q.L. sauf en termes généraux, et elle évita soigneusement les pièges que Bolan lui tendit pour en connaître plus long sur les tendances politiques d'André Chebleu.

Bolan ne lui parla pas plus du fait qu'elle

avait disparu comme une ombre, mais lui demanda la raison de sa visite.

— Ça devait être la chambre de Mr. Gramelli, expliqua-t-elle. Lorsque André est rentré en nous apprenant que Gramelli était mort, il nous a paru nécessaire de savoir qui lui succéderait.

— Nous? demanda Bolan.

Elle ignora sa question, se mit à rire.

— Cette chambre devait être vide. J'ai failli avoir une crise cardiaque lorsque je vous ai vu sur le lit avec votre pistolet. Je me suis dit qu'on avait très nettement exagéré la mort de Mr. Gramelli.

Elle rit de sa petite plaisanterie puis ajouta :

— Je me suis vue très mal partie. Je me suis dit aussi qu'il était temps de devenir une grande personne.

Il la fixa un moment.

— Vous vous y refusiez jusqu'alors?

— Sans doute, fit-elle en rejetant ses cheveux de jais. C'est plus simple de rester un enfant. Pendant un moment je me suis dit que j'allai mourir et qu'il fallait quand même connaître autre chose.

Elle se remit à rire.

— C'est plus risqué, dit-elle.

— Alors vous avez décidé de vous faire passer pour une call-girl.

Ses yeux brillèrent.

— C'est la première chose qui me soit venue à l'idée. Ça doit être freudien.

Bolan émit un petit rire.

— A mon avis c'est plutôt l'envie de continuer à vivre.

— C'est la même chose, non?

Il la fixa un instant.

— J'ai l'impression que vous êtes meilleure comédienne que je ne pensais. Vos larmes étaient sincères?

Elle s'arrêta de rire, attendit un moment.

— Disons qu'elles étaient inspirées par la situation.

Il se souvint comment elle avait cessé de larmoyer à la seconde même où Joe Staccio avait frappé à la porte.

— Vous m'avez berné, dit-il doucement.

— Mais je croyais que vous étiez un gangster, expliqua-t-elle. Peut-être le remplaçant de Gramelli. Je me suis dit qu'après tout j'étais là. Autant en apprendre le plus possible.

— Sans pour autant passer à la casserole vous-même.

— Eh bien... je sentais qu'il y avait une sorte de galanterie chez vous et que je... que je pourrais vous contrôler.

— C'était réussi, dit-il. Parfaitement réussi.

— Pour vous dire la vérité, j'avais follement peur.

Elle se remit à rire.

— Je ne suis pas si bonne comédienne que ça.

Mais Bolan n'en était pas convaincu. Il se tut pour reconsidérer sa position vis-à-vis de Betsy Gordon. Présentement elle lui demandait :

— Quelle sorte d'aide me demandez-vous?

Il réfléchit un moment puis lui dit :

— Je veux que vous me montriez l'entrée secrète de l'hôtel.

— Vous avez trouvé le passage? fit-elle brusquement en se tournant pour le dévisager.

Il acquiesça.

— J'en connais une partie. Je veux connaître l'ensemble du réseau.

— Pourquoi?

Il se décida à lui faire confiance.

— Savez-vous ce qui se passe dans cet hôtel? demanda-t-il.

— C'est une réunion de gangsters, de la Mafia, non?

— Mais savez-vous *pourquoi* ils se sont retrouvés?

— C'est ce que nous espérions découvrir, dit-elle.

— André ne vous l'a pas dit?

— Dit quoi?

— Pourquoi ils sont venus à la Conférence de Montréal.

— Le sait-il?

Bolan poussa un soupir. Elle était extrêmement prudente, très méfiante. Mais après tout pourquoi pas? Elle ne devait rien à Mack Bolan.

Mais il n'avait pas de temps à perdre, il lui dit sans ambages :

— Ils veulent annexer Montréal, et toute la province. Ça ne serait pas une annexion invisible, mais un investissement quasi-militaire. D'après mes renseignements ils sont en rapport avec un groupe de terroristes, qu'ils ont l'intention de subvertir pour s'en servir à leurs propres fins. Montréal est destiné à devenir la capitale du crime dans le monde. La rencontre de demain servira à mettre le projet à exécution. J'ai l'intention de les arrêter. Je me suis fait accepter à l'hôtel, j'ai un alibi. Mais il faut que je puisse opérer à couvert, sinon je serai tout de suite repéré et mes efforts ne serviront à rien. Ils se retrouveraient ailleurs et mèneraient à bien leurs projets pour la province du Québec. J'ai une chance de réussir, mais elle dépend en grande partie de vous. Pouvez-vous me dévoiler les secrets du réseau?

— J'ai besoin qu'on m'y autorise, dit-elle.

— Qui vous y autoriserait et combien de temps faudrait-il pour cela?

La fille soupira, s'agita sur le siège.

— Je vous fais confiance, Betsy. Ne parvenez-vous pas à comprendre que je veux le bien de cette ville. Je ne suis pas votre ennemi. Je suis sans doute votre seul espoir. Ces gens ne seront pas des maîtres doux ou gentils. Ils vous saigneront à blanc puis rejetteront la carcasse de la ville. Il faut me faire confiance, il faut m'aider.

— Je... non, il faudrait un vote. Peut-être d'ici demain soir.

— Ce n'est pas la peine. Ce sera trop tard. Il faut que je connaisse le réseau tout de suite, ce soir.

Elle se mordilla la lèvre, les yeux fixés sur la route.

— Faites confiance à votre instinct, Betsy, lui dit-il.

Il arrêta la voiture et après un silence, lui dit :

— Je suis désolé, mais je n'ai pas assez de temps pour vous ramener.

Il sortit son portefeuille.

— Je vais vous donner de quoi prendre un taxi.

— Rangez ça! cracha-t-elle. Allons-y, allons-y!

Il sourit lentement, fit démarrer la voiture, lui dit :

— Évidemment c'est plus facile quand on n'est qu'un enfant.

— Roulez! Je suppose que vous voulez connaître l'entrée secrète tout de suite.

— Oh oui.

— OK. Dirigez-vous vers la rivière. Arrêtez-vous après deux cents mètres. Nous descendrons dans les égouts.

— Logique, dit Bolan.

— C'est exactement ce que je me disais, lança la jeune fille.

Ses yeux lancèrent des éclairs, et Bolan comprit qu'elle ne jouait plus la comédie.

— Je dois vous prévenir, monsieur Bolan. Vous avez remporté de grandes victoires contre la Mafia. Mais si vous nous trahissez, vous connaîtrez alors une vraie guerre.

Bolan ne trouva rien à ajouter.

Il la croyait.

CHAPITRE XV

Le vieil hôtel avait été construit avant la standardisation du chauffage central et de l'air conditionné. Les nouveaux propriétaires avaient commencé à moderniser l'édifice au début des années 50. Ils avaient fait appel à la société du père de Betsy et l'avaient convoqué de nouveau lorsqu'ils voulurent redécorer l'hôtel pour les fastes des Jeux Olympiques en 1976.

Bolan ne put connaître aucun détail sur l'installation du réseau. Elle refusa aussi de lui dire pourquoi. Il posa des tas de questions. Elle lui dit enfin, d'une voix sans réplique :

— Écoutez, mon père n'est pas au courant. Les mafiosi ne sont pas au courant. C'est notre réseau, c'est nous qui l'avons installé. Ne m'en demandez pas plus.

Il n'y eut aucun moyen de lui faire définir ce « nous ». Cependant Bolan avait déjà ses idées là-dessus. De toute évidence, Betsy Gordon faisait partie du Q.L. — en était peut-être un dirigeant.

Ils étudièrent ensemble les plans que Leo Turrin avait déposés dans la chambre, et la jeune fille dessina le réseau de mémoire.

Bolan n'avait pas eu tort lorsqu'il avait imaginé le système. L'immeuble n'était qu'une ruche, bien qu'il reste encore des tunnels à creuser. Un quart des chambres de l'hôtel étaient accessibles grâce au réseau et tous les étages étaient desservis.

Il regarda la fille avec respect.

— Mais comment diable avez-vous réussi tout ça?

— Il y a un vieux dicton chinois, dit-elle mystérieusement.

— Lequel?

— Saviez-vous qu'il y a cinq millions de Québécois français?

— C'est beaucoup.

— Oui. Supposez que chacun d'eux ramasse une brique. Nous pourrions construire un immeuble de quelle taille, à votre avis?

— Combien d'hommes a-t-il fallu pour installer le réseau? demanda-t-il.

— Nous sommes nombreux, fit-elle en s'approchant de la fenêtre.

Elle ne voulut pas en dire davantage. Bolan n'insista pas. Il était satisfait qu'elle lui dise tout ce qu'elle se croyait en droit de lui dire, allant jusqu'à la limite de sa loyauté envers son mouvement. Il lui parut invraisemblable qu'il puisse y avoir un conflit de loyauté.

— Ma vie est entre vos mains, lui dit-il.

— La belle affaire, dit-elle sans se retourner. Vous passez votre temps à la mettre en péril. Il me semble que vous n'y tenez pas beaucoup. Elle ne doit pas vous paraître très importante.

— N'exagérons rien.

— Je me pose des questions parfois, remarqua-t-elle d'une voix spéculative.

Bolan savait de quoi elle parlait. Elle faisait allusion aux doutes universels de tous ceux qui vivent dans l'ombre. En définitive Mack Bolan et Betsy Gordon avaient beaucoup en commun. Il lui dit :

— C'est sain de douter de soi, mais il ne faut pas dépasser les limites du raisonnable.

Sa voix lui parut toute petite, son visage avait disparu dans l'ombre.

— C'est très difficile, chuchota-t-elle, de faire la différence entre le bien et le mal.

— Ça l'est toujours.

— Qu'y a-t-il de positif en vous, Mack Bolan?

— Je ne me pose jamais la question, dit-il.

— Est-ce parce que vous avez peur de la réponse?

— Non, j'ai peur de la question. Les réponses sont toujours les mêmes en fin de compte.

Elle se retourna pour lui faire face. Les bras croisés, les yeux étincelants dans la pénombre, elle lui rétorqua :

— Je ne comprends pas, là. Vous m'avez perdue.

— Vous ne m'avez jamais compris, ma petite.

— J'ai essayé. J'essaye depuis tout à l'heure.

Il poussa un soupir.

— Mais à chaque fois que vous me regardez, vous vous voyez en moi.

— Peut-être, avoua-t-elle.

— Ça ne vous plaît pas?

— C'est ce que j'essaye de définir, dit-elle.

— C'est parfois troublant de voir son propre reflet, expliqua Bolan. La main gauche ressemble à la main droite, surtout si elles font la même chose. C'est difficile de se voir dans un autre. Ça vous ennuie que je verse beaucoup de sang.

— Oui.

— Et vous vous demandez « Est-ce que je vais devenir comme lui? ». C'est la question qui vous ennuie. La question, pas la réponse. Car vous ne la connaissez pas encore, la réponse. N'est-ce pas?

Ses lèvres firent « Non », mais aucun bruit ne sortit de sa bouche. Il se tut un moment puis lui demanda :

— Comment sont vos armes?

— Très efficaces, chuchota-t-elle.

— Est-ce que vos membres sont décidés?

— Tout à fait.

— Abraham Lincoln a répondu à votre question cent ans avant que vous soyez née. Il a dit que les révolutions ne marchent jamais à reculons. Est-ce que vous deviendrez comme moi? Oui, si vous vivez suffisamment longtemps. Saurez-vous faire la différence entre le bien et le mal? Non, à moins de mourir trop jeune.

— C'est terrible, fit-elle.

— La guerre aussi, répondit-il.

— Il faut que je vous le demande. Je n'ai jamais eu l'occasion de poser la question à un maître. Est-ce que ça vous gêne?

— De tuer?

— Vous faites des projets de tuerie avec autant d'émotion qu'une machine à calculer. Ce n'est pas une guerre que vous préparez. Il n'y aura pas de charge à travers la plaine au son du tambour et de la trompette, il n'y aura pas d'étendard flottant au vent. Vous comptez froidement assassiner des centaines de personnes. Ça ne vous ennuie pas?

Bolan alluma une cigarette, se détournant du regard insistant de la jeune fille. Évidemment ça le gênait, mais il avait son devoir à faire. Il lui répondit :

— On dirait que vous décrivez la Charge de la Brigade Légère. Le maréchal Bosquet s'y trouvait. Vous savez ce qu'il a dit?

— Quelque chose de très à propos, j'en suis convaincue.

— Ça dépend de quel côté on se place. Bosquet a dit : « C'est magnifique, mais ce n'est pas la guerre. » Alors, ma petite, à votre avis, c'est quoi la guerre?

— Ce qui m'intéresse c'est la révolution, pas la guerre. Arrêtez de me sermonner. Je n'ai pas besoin d'un...

— Elles ne vous plaisent pas, les réponses, n'est-ce pas? Vous préférez les questions. On peut se poser des questions toute la vie sans jamais donner de réponse. Regardez-moi, Betsy. La voici, la solution. C'est moi.

— Je dois partir.

— Vous avez raison. Merci de m'avoir aidé, Betsy. Oubliez donc le sermon, hein? Vous trouverez vos propres réponses. A votre manière.

Elle s'était approchée du faux panneau. Elle se retourna et le fixa.

— Je crois que je vais continuer à me poser des questions, dit-elle d'une voix redevenue enfantine.

Bolan vit se refermer le panneau et soupira tristement :

— Oui.

***

Leo Turrin entra lorsque Bolan finissait d'étudier les plans de l'hôtel.

— Je vois que tu as trouvé mon petit paquet, observa Turrin.

— Oui. Merci, Leo. Viens voir la huitième merveille du monde.

Le petit homme de Pittsfield s'approcha et examina longuement les plans en mordillant son cigare.

Bolan lui expliqua les dessins de Betsy.

— Voici le puits vertical qui monte de la cave jusqu'au toit. Accès par le fond en passant par les égouts. On pourrait y dissimuler une armée et passer les vivres par l'hôtel.

Il désigna l'ensemble du plan, ajouta :

— C'est comme un arbre, Leo. Un tronc, des racines au pied.

— Ça va servir à quoi? demanda Turrin.

— A la révolution.

— Alors il se passe vraiment quelque chose?

— Apparemment. Est-ce que Chebleu a fait un rapport officiel à Ottawa?

— C'est ce qu'ils disent à Ottawa, mais ils ne donnent aucun détail. Pas un indice, rien. Bien sûr nous nous sommes renseignés. Il y a eu une rencontre secrète du cabinet. Elle a commencé en début de soirée. Ça colle avec l'heure à laquelle il aurait fait son rapport.

— Bon, fit Bolan. En tout cas ça va mal se terminer. Je ne peux pas m'empêcher de croire que quelqu'un va se faire blouser. J'espère seulement que ça ne sera pas moi.

— Tu as contacté Chebleu, non?

Bolan acquiesça.

— Ça n'a pas été rassurant, Leo. Je n'arrive pas à me faire une opinion sur lui.

Il fait partie des deux camps opposés depuis si longtemps que je ne crois pas qu'il sache de quel côté il se trouve réellement.

— Dis donc, gronda aimablement Turrin. Ça pourrait s'appliquer à moi.

— Tu vois donc comme c'est pratique, répondit Bolan. Imagine que nous venions de nous connaître il y a une minute. Je sais que tu es un agent fédéral, mais je sais aussi que tu es un gros bonnet de la Mafia. Comment savoir quel personnage tu es vraiment ?

— Je comprends ton problème.

— En plus, je ne sais même pas qui Chebleu représentait lorsqu'il était à Buffalo. Je veux dire, qui l'a envoyé ?

Bolan frappa le plan du poing.

— Ce plan vient directement de la maison où se planque Chebleu. Y a-t-il plusieurs fronts de libération à Montréal ? Et, si oui, lequel est de mèche avec Chebleu ? Sinon, qui leur prépare un mauvais coup ? La Mafia croit dur comme fer qu'elle a trouvé des connards de terroristes qui vont faire tout le travail à sa place. Mais les gens, qui m'ont remis ces plans, semblent haïr la Mafia tout autant que moi.

Turrin mâchonna encore son cigare, poussa un soupir.

— Est-ce que ça a réellement une grande importance? demanda-t-il.

— J'aime savoir qui est mon ennemi, Leo.

— Bien sûr, mais... Mais tu ne peux pas affronter tout le monde, sergent. D'ailleurs je ne vois pas comment tu peux passer aux actes sans savoir jusqu'où ça te mènera.

— Ce n'est pas ça qui m'intéresse, Leo. Tu le sais très bien.

— Oui, mais...

— Chacun de mes actes me rapproche un peu de la mort. C'est un fait, une chose constante sur laquelle je peux compter. Mais j'ai besoin d'une réponse tout de suite. C'est essentiel.

— Oui, soupira Turrin.

— Tu parles! Qui est l'ennemi, Leo? Qui est-ce que je vais supprimer?

— Je crois que tu le découvriras quand tu passeras aux actes, sergent, soupira son ami. Mais pas avant.

C'était l'évidence même. Mais Bolan avait appris à se méfier des surprises du dernier instant. Son instinct lui disait qu'il était temps de faire marche arrière, de battre en retraite, de remettre indéfiniment son projet.

Cependant il n'aurait plus jamais l'occasion d'abattre tant de mafiosi au même endroit, d'un seul coup. Tous les grands chefs criminels du monde entier se trouvaient dans l'hôtel. Ils étaient venus de partout afin de se partager le monde pour mieux le détruire. L'Exécuteur ne pouvait pas leur tourner le dos.

Il marmonna une phrase inaudible en passant la main sur les plans de l'hôtel.

— Tu me parlais? s'enquit Turrin. Je t'ai mal entendu.

Bolan lui sourit.

— J'ai dit « C'est magnifique, mais ce n'est pas la guerre ».

— Là tu m'as perdu, ricana Turrin.

— Bosquet.

— Je ne vois toujours pas.

— Tu n'es sûrement pas le seul, Leo. Mais c'est une réponse.

CHAPITRE XVI

A minuit le téléphone ne fonctionnait plus dans l'hôtel à cause d'une panne momentanée. Leo Turrin se trouvait dans l'appartement au dernier étage où il réglait les détails des mesures de sécurité à prendre, avec Larry Attica. La caravane de Bolan avait été rangée dans un garage à deux cents mètres de l'hôtel. Un hélicoptère, que la Canadian Air Force avait mis à sa disposition, attendait sur un héliport voisin, prêt à décoller en moins de trente secondes.

La ligne directe, qu'il avait demandé que Turrin lui établisse avec Washington, s'était avérée impossible à obtenir, mais il était relié à un bureau à Ottawa où une équipe, composée d'agents fédéraux des deux nations, s'était installée. Ce téléphone était le seul dans l'hôtel à fonctionner.

Il disposait également du dossier sur le

Q.L. qu'il avait réclamé aux autorités contenant une description de tous les membres et de toutes les personnes soupçonnées d'appartenir au mouvement, ce qui lui permit de mieux juger de la situation à Montréal.

Enfin, il était prêt.

Il s'était rendu dans le garage où se trouvait la caravane, et avait pris les armes dont il comptait se servir au cours de la nuit. Il avait enfilé sa combinaison de combat et des baskets noirs. Il avait rangé le Beretta sous son aisselle gauche, mis le gros Auto-Mag dans sa ceinture. Dans les poches de la combinaison il avait mis un stylet, des garrots, des torches et des bombes fumigènes. Il avait mis des lunettes spéciales pour se protéger les yeux et disposait d'une petite lampe de poche à infrarouges qu'il pouvait fixer sur la boucle de sa ceinture, ce qui lui laisserait les mains libres pour faire autre chose.

Bolan ouvrit le panneau secret, se glissa dans le puits vertical. Il descendit au troisième étage, longea un tunnel horizontal à quatre pattes, jusqu'à la suite d'un certain Carmine Pellitrea, chef de la délégation napolitaine.

D'après le fichier du concierge, Pellitrea

occupait une suite avec deux gardes du corps. De chaque côté de la suite il y avait des chambres communicantes où se trouvaient les autres membres de la délégation, un total de dix hommes. Pas le groupe le plus important mais l'un des plus importants. Naples était le berceau de la Mafia.

Bolan n'avait aucune idée de ce à quoi Pellitrea ressemblait, mais cela n'avait aucune importance. Il avait l'intention de tuer tout le monde dans les trois suites.

Il resta dans le tunnel pendant plusieurs minutes, l'oreille collée à la cloison pour jauger l'activité dans l'appartement. Lorsqu'il s'y introduisit enfin, il savait à peu près ce qui s'y passait.

Il entra dans le salon. La télévision était allumée, le son était faible. La pièce était plongée dans la pénombre, l'écran étant la seule source de lumière.

Entièrement vêtu, un homme était allongé sur le canapé, profondément endormi. Un second se tenait sur une chaise. Il s'était déchaussé et avait les pieds sur une autre chaise devant lui. Il regardait un vieux film français à la télé, les yeux mi-clos. Il portait une arme sous le bras gauche.

L'Exécuteur s'approcha en silence,

enroula un garrot autour du cou du télés-pectateur, serra vivement. L'homme ouvrit tout grands les yeux.

Il se débattit faiblement, préoccupé à desserrer la corde de nylon qui lui tranchait la peau du cou. Il se raidit, chercha à se dresser puis s'effondra. L'homme endormi sur le canapé n'avait pas bronché. Bolan le laissa là, s'approcha de la porte de la chambre, l'ouvrit en la poussant doucement. Un homme distingué, qui avait la cinquantaine, était allongé sur le lit en pyjama. Il lisait le journal. Il n'y avait qu'une lampe de chevet allumée.

Il leva les yeux, examina l'intrus d'un regard calme. Il n'avait pas encore réagi ni ouvert la bouche lorsque Bolan lui tira une balle entre les yeux.

Il referma la porte, revint près de l'homme endormi et lui fournit une fin identique. Ensuite il alla près de la porte qui donnait dans la suite voisine et franchit celle-ci en faisant feu.

La première balle cueillit un garde du corps maigre avec un nez crochu, qui était occupé à prendre un Coca dans un bac à glace. La seconde atteignit un petit homme au regard fou qui sortait de la salle de bains en robe de chambre. Il voulut faire marche arrière, mais n'en eut guère le temps. Deux autres types, ayant l'apparence de torpilles, arrivèrent en courant de l'autre chambre. Tous deux étaient à moitié dévêtus pour aller se coucher, mais chacun portait encore son holster. Ils essayèrent de se dégager l'un de l'autre afin de pouvoir tirer. Pendant une seconde ils semblèrent presque se battre. Bolan les descendit d'une balle chacun. Le deuxième avait eu le réflexe malheureux d'écarter la tête au dernier instant, ce qui lui valut d'avoir la gorge arrachée. Son corps s'arc-bouta, retomba de l'autre côté de la porte. Il gisait sur le dos, se noyait déjà dans son propre sang avec des bruits sifflants lorsque Bolan mit fin à son supplice.

C'était une erreur de quelques millimètres comme celle-là qui provoquerait un jour la mort de Bolan.

Le silencieux du Beretta avait été construit par Bolan lui-même, il était d'une grande efficacité. Le seul bruit de l'arme était un petit claquement sec à peine audible, et encore : dans un espace restreint.

Mais l'ensemble du petit « touc! » et le bruit d'un corps qui s'affaisse étaient autant de signaux pour ceux qui se tenaient à côté.

La porte de l'autre suite s'ouvrit brutalement, quatre hommes firent irruption dans la pièce. Il y eut de brefs cris en italien, quelques exclamations. Les quatre types s'égaillèrent aussitôt afin de se mettre à l'abri. Ils firent feu presque tous en même temps.

Un pareil raffut étant la dernière chose au monde à convenir à l'Exécuteur.

Recharger le Beretta ne posait aucun problème, car il lui fallait moins d'une seconde pour ôter le chargeur vide puis de le remplacer par un neuf. Mais l'instinct lui avait déjà fait dégainer l'Auto-Mag qu'il tendit à bout de bras.

La première des grosses balles rattrapa un homme qui courait près de la fenêtre, le souleva du sol, le précipita dans le vide à travers la vitre.

Le second coup — une espèce d'écho du premier — passa à travers la gorge d'un homme, le fit tournoyer comme un derviche, faisant gicler le sang tout autour de lui.

Un homme, sur la moquette, se faufila juste à temps pour recevoir le troisième projectile dans l'oreille. Le quatrième retourna un fauteuil et prit la dernière balle exactement entre les yeux.

Bolan regagna le tunnel. Il entendait des cris et des pas dans le couloir tandis qu'il fixait le panneau.

Il avait perdu trop de temps dès le premier coup. Téléphones débranchés ou pas, dans quelques minutes tout l'hôtel serait en émoi.

Il n'y aurait plus d'attaque en douceur.

Il n'y aurait plus de silence.

Il se mit à grimper de toutes ses forces, voulant s'éloigner autant que possible de la zone d'alerte.

Il voulait déferler dans l'appartement de feu Joe Staccio et décimer tous ceux qui s'y trouvaient.

*
* *

Larry Attica tira nerveusement sur sa cigarette, lança :

— Monsieur Turrin, ça ne me plaît pas. Ce n'est pas normal que tous les téléphones soient nases en même temps.

— Tu es allé faire un tour à Manhattan dernièrement? demanda Turrin. Tu passes la moitié du temps à attendre que le téléphone veuille bien remarcher. Calme-toi,

Larry. Ils remplacent une pièce défectueuse à la centrale, c'est tout. Tout sera remis en place d'ici demain matin.

— J'aime quand même pas ça, insista Attica.

— Que tu aimes ou que tu n'aimes pas, ne change rien à l'affaire, observa un peu plus durement Turrin. Il faut vivre avec la situation telle qu'elle est. As-tu placé tes hommes?

Le chef d'équipe de Syracuse écrasa sa cigarette, en alluma une autre aussitôt.

— Oui, monsieur. Je les ai séparés en deux groupes. Le premier monte la garde pendant quatre heures puis se repose pendant que l'autre la relève. Il y a deux hommes postés à chaque étage. Le premier se tient près des ascenseurs, le second fait des aller-retour dans le couloir. Il y en a dix dans le hall et quatre à l'extérieur pour surveiller la porte de service. Il y a un homme de chaque côté de l'hôtel à l'extérieur, au rez-de-chaussée, et la même chose ici sur le toit. Si ce mec arrive à passer à travers tout ça, c'est un fantôme.

— Oui, tu as bien réglé la garde, fit Turrin.

— Mais j'aimerais mieux avoir le téléphone. Si seulement je savais où les obtenir, je paierais une fortune pour une caisse de talkie-walkies. J'ai horreur de ne pas pouvoir communiquer avec mes hommes.

Le sotto-capo de Pittsfield ricana et dit à Attica :

— Tu as pris toutes les mesures de sécurité imaginables, Larry. Arrête de te faire du mauvais sang. Les vieux à New York connaîtront le bon travail que tu as fait, crois-moi.

Attica parut se gonfler d'aise en écoutant ces paroles flatteuses.

— C'est comme vous l'avez dit, monsieur Turrin. Il fallait bien que quelqu'un reprenne les choses en main. Je suis très peiné par la mort de Joe — ça me donne envie de m'arracher les cheveux chaque fois que j'y pense — mais le monde ne va pas s'arrêter de tourner parce que Joe Staccio n'est plus. Je veux dire, cette rencontre est incroyable, c'est l'événement du siècle. Ce serait terrible, absolument terrible, s'il arrivait quelque chose qui puisse la faire annuler.

— Augie serait très fâché, acquiesça Turrin. Mais ne t'en fais pas. Il se souviendra comment vous avez tous fermé les rangs et tenu bon après la mort de Joe. Il saura apprécier votre valeur à tous. Au fait, où est le petit Al?

Attica indiqua la chambre à coucher d'un mouvement de la tête.

— Il est avec le mort. Il l'a mis dans la baignoire, et il l'a entouré de glace. Il le veille, quoi.

— C'est affreux, dit Turrin.

Il se leva, partit près de la fenêtre.

C'était affreux, mais le monde était affreux, et Joe Staccio avait fait un affreux métier au cours duquel on trouvait souvent une mort affreuse. Staccio avait certainement réussi à rendre le monde un peu plus pourri. Il avait pleinement mérité sa fin.

Attica lança :

— Je me demande ce que fait Mr. Ruggi.

— Il est très occupé, répondit Turrin d'une voix rauque.

En effet Ruggi était à cet instant, un homme très occupé.

Turrin se détourna de la fenêtre, fit deux pas vers le canapé puis s'immobilisa. Il avait entendu des coups de feu éloignés. Son regard croisa celui d'Attica. Ensemble ils se précipitèrent sur la terrasse.

Des gardes couraient sur le toit.

— Qu'est-ce que c'est? cria Attica.

Un garde, qui se tenait près du parapet sud, se retourna et cria :

— Des coups de feu en dessous! Quelqu'un vient de tomber de la fenêtre! Du troisième ou du quatrième!

— Et merde! s'exclama Attica d'une voix désespérée.

Il rentra dans l'appartement en courant, s'adressa aux hommes qui composaient la seconde équipe de sécurité et qui se reposaient dans les canapés du salon.

— La moitié d'entre vous au troisième, l'autre moitié au quatrième! hurla-t-il. Faites gaffe sur qui vous tirez, mais n'hésitez pas à faire feu!

Leo Turrin s'approcha du parapet, rejoignit le garde qui les avait renseignés. Il se pencha prudemment par-dessus le vide pour regarder en bas. Il n'y avait plus de coups de feu. Tout était arrivé si vite, d'ailleurs, qu'on pouvait même se demander si ça s'était réellement passé. Mais Turrin ne se posait aucune question là-dessus.

Mr. Ruggi était très occupé.

Et Leo Turrin était très inquiet. Il était encore plus inquiet que Larry Attica, mais pas pour les mêmes raisons.

Quelque chose avait foiré en bas, un

homme exceptionnel avait décidé de risquer sa vie.

— Tiens bon, vieux, murmura-t-il tout doucement.

— Comment, monsieur? demanda le jeune garde qui se tenait près de lui.

Turrin le regarda. C'était un homme très jeune, à peine plus qu'un adolescent. Il était sûrement un ancien du Viêt-nam pour qui la vie n'était que pistolets, poules et pognon.

— J'ai dit que c'était une vie de chien, dit Turrin.

Le jeune lui sourit avec bonne humeur et répondit :

— Si seulement j'ai l'occasion de lui tirer dessus une fois, monsieur, je ne me plaindrai pas.

Turrin lui sourit en s'éloignant.

C'était vrai. Si jamais ce jeune réussissait à s'approcher suffisamment de Mack Bolan pour lui tirer dessus, il ne vivrait pas assez longtemps pour se plaindre.

En fait, ce n'était pas une vie de chien. C'était un monde de sauvages.

Leo Turrin choisi une fois pour toutes de miser sur le plus sauvage d'entre tous.

CHAPITRE XVII

Larry Attica n'avait jamais pensé qu'il pouvait mourir. Il ne s'en inquiétait pas. Mais il était effrayé par la pensée qu'il pouvait faillir. Ce n'était pas tous les jours qu'un chef d'équipe de la zone avait la chance de côtoyer les grands. Ce qui s'était passé à Montréal était un don du Ciel — toute sa vie il avait attendu une occasion pareille.

Il fallait profiter de cette occasion. Il fallait en tirer un avantage. Larry Attica comptait dessus. Comme Staccio était mort, il y avait une multitude de territoires à redistribuer et il s'en imaginait déjà l'heureux propriétaire.

Mais une peur terrifiante lui serrait la gorge, lui nouait les tripes. Si la Conférence ratait... ?

Il devrait quitter Montréal comme un peigne-cul. Il voulait en partir comme un héros.

Il voulait tant qu'on le présente à Augie Marinello comme « le garçon qui avait sauvé la situation »! Mais ce serait encore mieux si on pouvait dire « le garçon qui a descendu Bolan ». Inimaginable! Rien ne l'arrêterait plus. Tous les espoirs lui seraient permis.

Les types comme Frank Ruggi feraient la queue pour lui serrer la main.

Les types comme Leo « la Chatte » Turrin auraient à lui céder la place lorsque le vieil Augie demandait conseil.

Larry Attica allait grimper jusqu'au sommet!

Il avait décidé de réussir, et si ce fumier de Mack Bolan était bel et bien revenu, Attica lui couperait les couilles!

Mais la terreur persistait. Il y avait tant en jeu. C'est donc peut-être sa peur qui lui fit décider d'emprunter l'escalier avec quelques hommes triés sur le volet, plutôt que de s'engouffrer dans l'ascenseur avec la majorité de ses forces.

Il ne voulait rien laisser au hasard. Il allait personnellement voir ce qui se passait à chaque étage.

Il ne s'était pas passé plus de deux minutes entre les premiers coups de feu et le moment où les hommes de Larry Attica s'étaient entassés dans l'ascenseur. Georgie Corona et

Sam Paoli restèrent avec Attica puis le suivirent dans l'escalier pour l'accompagner pendant qu'il vérifiait personnellement ce qui se passait.

Il leur expliqua ses intentions en descendant un premier étage.

— On se servira des types postés à chaque niveau pour nous donner un coup de main. Moi, je resterai près de l'escalier. Vous serez donc quatre à pouvoir cavaler d'un bout du couloir à l'autre et frapper à chaque porte. Ne perdez pas votre temps en explications. Frappez et vérifiez juste que tout va bien à l'intérieur.

— Mais il y en a qui ne parlent même pas anglais, protesta Corona d'une voix essoufflée. Comment est-ce qu'on...

— Je t'ai dit de ne pas perdre de temps. Si on te répond — peu importe ce qu'on te répond — ça voudra dire que tout va bien.

Ils quittèrent l'escalier au quinzième étage. Les gardes de service accoururent.

— Vérifiez chaque porte ! cria Attica.

Il poussa ses deux compagnons dans le dos et insista :

— Vous n'avez qu'une minute ! Faites vite !

Les quatre hommes partirent en courant, deux par deux. Chaque équipe commença au milieu du couloir et continua vers les extrémités opposées. Ils frappèrent aux portes en hurlant :

— Vérification de sécurité! Répondez!

Attica alluma une cigarette, resta sur place au milieu du couloir, rassura les hommes qui sortaient dans le couloir, éberlués par le subit vacarme. Il continuait à leur crier :

— Ça va bien, rentrez dans vos chambres. C'est une vérification de routine.

Mais il y avait effectivement un problème de communication. Des hommes affolés posaient des questions en plusieurs langues. Personne ne comprenait ce qui se passait.

Un type chauve en peignoir de bain avait cru comprendre que l'hôtel avait pris feu. Il demanda en français aux hommes d'Attica qui ne comprenaient mot de ce qu'il disait :

— Où est la sortie de secours? Où est la sortie de secours?

Attica lui cria :

— Non, non, ça va! Rentrez dans votre chambre. C'est la routine...

Il s'interrompit de lui-même lorsque d'un côté du couloir une porte s'ouvrit brutalement et qu'un homme quitta violemment la chambre à reculons, un pistolet à la main tirant comme un fou sur quelqu'un dans la chambre.

Le chef d'équipe de Syracuse regrettait déjà sa décision de vérifier chaque chambre. Il avait seulement réussi à paniquer tout le monde avec en prime, maintenant, un homme en pleine crise de folie sur les bras. Mais cette impression fut aussitôt remplacée par une terrifiante idée. La tête du tireur éclata subitement, sa cervelle giclant sur le mur derrière lui. Avant même que son corps n'ait eu le temps de s'affaiser, un deuxième homme fut éjecté de la chambre, un pistolet à la main lui aussi, et un trou béant à l'endroit de son nez.

Attica était tellement préoccupé par ce qu'il venait de voir, qu'il ne se rendit pas compte du silence soudain qui s'était abattu sur le couloir, ni de l'effet étonnant de quelques coups de•feu.

Chaque homme présent avait aussitôt dégainé son arme et beaucoup agitaient leur pistolet comme un barman son shaker.

Les deux morts gisaient dans des flaques de sang. Vingt-cinq à trente hommes les regardaient stupidement. Seuls Georgie Corona et Sam Paoli réagirent correctement. Ils revinrent à la hâte du bout du couloir où ils se trouvaient, repoussant les uns et les autres dans leur chambre et claquant la porte, vidant la place aussi rapidement que possible.

Il ne s'était pas écoulé plus de dix secondes depuis que le premier mort s'était effondré. Attica retrouva enfin la voix, cria aux autres gardes de l'étage :

— Attention, les gars! Attention! On a trouvé quelque chose!

Les clients de l'hôtel avaient également compris la situation et pour la plupart regagnaient aussitôt leur chambre, restant derrière la porte entrebâillée pour suivre l'évolution de la situation.

Les gardes d'étage atteignirent la chambre où avait eu lieu le carnage, avancèrent prudemment pour examiner les morts.

— Il y en a un autre à l'intérieur, chef, cria l'un d'eux à Attica. Il est exactement comme ces deux-là!

Corona et Paoli rejoignirent Attica près de l'escalier, tandis que celui-ci criait aux deux autres :

— Laissez-les! Restez sur place, mais ne vous approchez pas de cette porte!

Il ne s'était passé que vingt secondes.

— C'est pas possible, dit Corona.

— Si, c'est possible, grinça Attica.

— Depuis le troisième étage? Mais comment?

— J'en sais rien, comment! Mais s'il est là, il est là, et il faut qu'on l'oblige à y rester. Faites entrer ces deux-là dans la chambre d'à côté. Ils surveillent la fenêtre, compris? Si quelqu'un essaye d'en sortir, ils tirent. Entendu? Toi et Sam, vous passerez par la porte. Moi, je resterai ici pour garder nos arrières.

Corona et Paoli échangèrent un regard inquiet et s'éloignèrent vers la porte.

Les deux autres gardes se séparèrent, entrèrent chacun dans la chambre voisine.

Paoli et Corona prirent position devant la porte. Paoli entra le premier, Corona tout de suite après. A cet instant précis la porte de l'autre côté du couloir s'ouvrit, une espèce de bâton tomba sur la moquette du couloir. Aussitôt une spirale de fumée noire s'en dégagea. Attica sursauta.

Une bombe fumigène!

Il poussa un cri d'alerte pour prévenir ses hommes et se jeta en arrière en longeant le mur pour battre en retraite, tout en se demandant comment ce type pouvait être dans deux endroits à la fois.

Pas étonnant qu'il se soit fait une réputation de fantôme.

Pas étonnant que des soldats aguerris aient battu en retraite en poussant des cris. C'était trop incroyable, trop démoniaque, trop dangereux. Larry Attica en perdait une bonne partie de son ambition.

Il en perdait aussi une partie de ses troupes.

Sam Paoli fut le premier à se dégager de la fumée. Il en sortit comme un obus. En fait, il avait reçu une balle dans la tête, et son corps à moitié décapité dégringola avec force sur la moquette et continua à glisser sur plusieurs mètres. Il n'y avait eu qu'un petit claquement sec. Puis un second claquement suivit presque aussitôt et une voix d'acier dit avec quelque regret :

— Désolé, Georgie.

Attica comprit que Georgie était mort lui aussi. Il fonça vers l'escalier de toutes ses jambes.

La voix, qu'il venait d'entendre au fin fond de la fumée, le gênait. Elle avait quelque chose de familier, mais quoi?

Il tira deux fois par-dessus son épaule vers la fumée puis entra dans la cage d'escalier, referma vivement derrière lui. A travers la porte vitrée il vit brièvement une forme noire remonter le couloir. Des grosses lunettes cachaient les yeux du type qui portait un gigantesque pistolet argenté dans une main, un autre pistolet muni d'un silencieux bulbeux dans l'autre. Le type tirait des deux en même temps, remplissant le couloir de projectiles meurtriers qui fracassaient les cloisons et les portes avec un bruit d'enfer.

A l'autre bout du couloir, quelques hommes lui rendaient timidement son feu et le type passa devant la porte de la cage d'escalier sans une seconde d'hésitation.

Larry Attica fit un signe de croix, commença à grimper. Dans sa hâte il glissa sur une marche, tomba en avant. Sans le faire exprès il pressa la détente de son arme et la balle se mit à ricocher follement dans l'escalier. Il continua sa montée à quatre pattes, voulant à tout prix rejoindre ses hommes en haut.

Subitement une pensée horrible lui vint à l'esprit. Il avait envoyé tous ses hommes aux étages inférieurs. Il ne restait que le petit Al au dernier étage. Al et les gardes sur la terrasse!

C'était moins réconfortant qu'une légion de tueurs, mais c'était mieux que rien et il rassemblait ses forces pour courir les quelques mètres qui lui restaient lorsque la porte vitrée s'ouvrit brutalement et un nuage de fumée envahit la cage d'escalier.

Il n'y avait pas que la fumée.

Le type était entré lui aussi et fixait Attica

qu'il avait aligné avec les deux pistolets. Il avait relevé ses lunettes et ses yeux de glace paraissaient sortis de l'enfer.

Le chef d'équipe de Syracuse était trop abasourdi pour essayer de réagir.

— *Vous!* fit-il d'une voix rauque et incrédule.

Ce fut son dernier mot.

— Désolé, Larry dit l'homme en noir.

Le gros pistolet sauta dans sa main. La balle cueillit Larry Attica sous le menton, lui fit remonter plusieurs marches puis s'arc-bouter contre la balustrade. Il tomba vers le rez-de-chaussée quelque seize étages plus bas.

L'homme en noir jeta une médaille de tireur d'élite après lui en murmurant :

— Je te dois bien ça.

C'était le dernier honneur auquel Larry Attica aurait droit.

Mais il le partagerait avec d'autres avant l'aube.

Les membres de la Conférence de Montréal se retrouveraient en enfer.

CHAPITRE XVIII

Aux yeux de Leo Turrin il était évident que l'hôtel virait au franc chaos.

Quelques minutes auparavant deux types avaient sauté dans le vide du treizième étage, et six hommes avaient été tués sur un escalier de secours à l'extérieur de l'hôtel. Une épaisse fumée s'échappait de toutes les fenêtres du douzième au quinzième étage. Quelqu'un avait dû alerter les pompiers : des sirènes hurlaient de toutes parts et des centaines de personnes accouraient des rues avoisinantes.

Les gardes sur le toit commençaient à s'énerver — avec raison. C'était le dernier endroit à se trouver en cas de feu.

Turrin chercha le chef d'équipe et lui dit :

— Fais comme tu veux. Emmène tes gars quand tu voudras.

— Vous allez partir, monsieur Turrin? demanda le type.

— Oui. Il faut que j'aille voir ce qui se passe.

Le chef d'équipe se caressa le menton en réfléchissant.

— Je crois qu'on va rester encore un moment. Mr Attica nous a dit de rester sur place. On restera aussi longtemps que possible.

Turrin lui donna une tape sur l'épaule pour l'encourager, et il s'éloigna vers l'appartement. Trouvant un coin sombre, il se dissimula, prit un petit émetteur dans sa poche, mit le mini-écouteur dans son oreille, brancha le poste.

Il entendit aussitôt la voix de Hal Brognola.

— Je commençais à croire que tu n'appellerais jamais. Qu'est-ce qu'il fout, ce mec? Il n'a jamais dit qu'il allait brûler la baraque.

— Je crois que c'est seulement des bombes fumigènes, dit Turrin. Où es-tu?

— Juste en dessous. Je ne pourrai plus contrôler la situation longtemps, mon vieux. Ils veulent entrer.

— Retiens-les tant que tu le pourras, dit

Turrin. Raconte-leur tout ce que tu veux, mais ne leur dis rien.

— Facile à dire, gronda Brognola. OK. Je vais user de tous les arguments imaginables.

Turrin rangea l'émetteur, entra dans l'appartement.

Al DeChristi sortit de derrière les rideaux en s'écriant méchamment :

— Qu'est-ce-que tu foutais, Turrin?

Celui-ci le regarda de bas en haut, et laissa tomber d'une voix méprisante :

— C'est monsieur Turrin pour des types comme toi, DeChristi. Ça va pas, non?

— Vous vous serviez d'une radio. Je vous ai vu.

— Va te faire foutre, rétorqua froidement Turrin. Je me servirai d'une télévision et d'un orchestre symphonique si j'en ai envie, et je n'irai pas t'en demander la permission.

Il continua son chemin, ignorant le pistolet que tenait le petit garde du corps. DeChristi avait perdu la tête, mais Turrin savait comment s'y prendre avec des types de son genre.

Peut-être.

— *Monsieur Turrin!*

Il s'arrêta, tourna à moitié la tête.

— Oui?

— L'hôtel est en feu.

— Je préviendrai tous mes fans dès la prochaine émission. Merci du renseignement.

— Qu'est-ce que je fais de *lui?* demanda DeChristi en parlant de Staccio.

— Tu veux dire de *ça,* répondit cruellement Turrin. Ne perds pas la boule à cause d'un mort, Al. Sors d'ici pendant qu'il en est encore temps. Joe n'a plus besoin de toi.

Il passa par les portes vitrées, entra dans le hall. Il regarda brièvement derrière lui, mais le petit homme avait disparu.

Il secoua la tête, oublia aussitôt l'incident.

Il se demanda un moment s'il valait mieux prendre l'ascenseur ou l'escalier, se décida à emprunter l'escalier parce que c'était plus sûr.

Il y trouva un monde en folie. De tous côtés il entendait crier en plusieurs langues et des bruits de pas précipités résonnaient de types qui montaient ou descendaient.

Leo Turrin avait souvent observé des scènes identiques. Il lui semblait que c'était toujours à cause de la proximité immédiate de Mack Bolan. Car quand Bolan fonçait les autres fuyaient.

Bolan était déjà terrifiant lorsque la situation était normale, mais lorsqu'il se voyait confronté à des adversaires innombrables, il devenait une véritable furie meurtrière.

Il ne fallut pas moins de cinq minutes à Leo Turrin pour descendre du dernier au cinquième étage, et au fur et à mesure de sa progression la descente se fit plus difficile. Les hommes encombraient l'escalier, poussaient des jurons, s'insultaient. Turrin lui-même dut frapper plusieurs Européens qui ne semblaient pas apprécier sa présence en travers de leur chemin.

A un moment, près du huitième étage, il vit que le couloir était plein de fumée à ce niveau aussi, il comprit que Bolan s'activait toujours et soufflait sur les flammes afin de nourrir son propre feu. Le *sotto-capo* de Pittsfield ne comprenait pas toujours la logique très spéciale de Bolan, mais il avait cessé de se poser des questions là-dessus depuis bien longtemps. Bolan savait ce qu'il faisait, et recherchait toujours un effet certain.

Turrin dut donner un coup de genou bien placé à un type qui lui interdisait le couloir du cinquième. Il remontait le flot à contre-courant. C'était déjà pénible d'avancer à ce niveau, mais il frémit en pensant à la cohue qui devait régner au rez-de-chaussée, car toutes les issues étaient bloquées et les rues étaient pleines de flics de Montréal.

Il réussit enfin à gagner la suite qu'il occupait en compagnie de Frank Ruggi, saisit le téléphone qui le reliait directement à Ottawa.

L'un des agents de Hal Brognola répondit aussitôt.

— Quelle est la situation là-bas? demanda l'homme sans préambule.

— Très tendue, dit Turrin à l'agent du *Justice Department*. Votre chef se trouve dans la rue devant. Il essaye de retenir la marée, mais c'est une cause perdue. Les flics commencent à être intenables. A l'intérieur c'est la panique générale. Les autres tirent sur tout ce qui bouge, y compris les uns sur les autres. Notre ami les décime à chaque tournant et sur tous les niveaux. C'est le début de l'exode, mais je pense qu'il a besoin d'une demi-heure de plus pour faire le vide. Que se passe-t-il de votre côté?

— C'est mauvais.

— Ce qui veut dire?

L'agent soupira profondément.

— La décision a été prise il y a une

heure. Ottawa a décidé de coopérer pleinement. C'est officiel et confirmé par le cabinet du Premier ministre.

— Qu'est-ce qu'il y a de mauvais là-dedans ?

— Les rapports entre Montréal et Ottawa. Les leaders du parti Québec Libre sont en pleine session en ce moment. Les radicaux prétendent que c'est une tentative de violer la souveraineté du Québec. Le Premier ministre ne peut pas les contraindre à coopérer pour le moment parce que la situation n'est pas encore suffisamment grave, dit-on.

— Je ne croyais pas que les provinces avaient une souveraineté, dit Turrin.

— Ça dépend comment on voit les choses. Ce n'est plus tellement une question légale, c'est politique. Il y a eu de très mauvais rapports entre Ottawa et Montréal depuis un certain temps. Vous n'en avez pas entendu parler ?

— Restons-en aux faits, soupira Turrin.

— Ottawa se dégonfle. Enfin, ils sont sur le point de céder. Certains prétendent qu'il s'agit d'une affaire criminelle et que seule la police est concernée. La tendance serait de s'en remettre à Montréal.

— Mais voyons, gronda Turrin. C'est de

la démence et vous le savez très bien. Vous prétendez qu'il s'agit de politique, mais nous savons très bien que « certains » ont été achetés. Cette ville pourrait être rasée d'ici demain matin. Que deviendra alors sa souveraineté?

— Dites, calmez-vous... Moi, je ne peux pas expédier les troupes de Sa Majesté. Personne n'en a le droit, sauf...

— Ouais, ouais, grinça Turrin en raccrochant violemment.

Il se retourna juste à temps pour voir entrer l'homme en noir.

Il ressemblait au Diable.

Il fleurait la poudre, le sang et la sueur. Il avait plusieurs blessures sur le corps, dont une estafilade sur l'épaule gauche et une autre entre les côtes. Toutes ses poches à munitions étaient vides. Il boitait légèrement, évitait de poser tout son poids sur le pied gauche. Il marchait très lentement.

Il entra tout de suite dans la salle de bains, remplit un verre à dents d'eau fraîche, le vida d'un long trait ininterrompu. Finalement il se tourna vers son vieux compagnon d'armes et ami de longue date.

— Quelle est la situation, Leo?

— La panique générale. La fourmilière

est en feu, les soldats en fuite. Et la tienne?

— Mort de fatigue, fatigué de tuer. Que se passe-t-il?

Le petit homme de Pittsfield mouilla une serviette de toilette, commença à nettoyer les plaies de son ami.

— C'est difficile de juger correctement la situation, dit-il. La plupart pense que l'hôtel est en feu. Plusieurs centaines d'hommes encombrent les escaliers, se marchent les uns sur les autres pour trouver le moyen de sortir. Il y a un millier de flics dans la rue, et trois brigades de pompiers, ce qui ne facilite pas les choses. Ottawa prétend que Montréal est une zone sinistrée tandis que Montréal affirme qu'Ottowa devrait se foutre la Reine au cul. Moi, je ne sais pas vraiment ce qui se passe, sergent. Dis-le moi, toi.

Bolan repoussa la serviette de toilette.

— Fini Naples. Fini Zurich. Berlin et Francfort aussi. Je ne suis pas sûr de toute la délégation de Marseille, ni de celle de Paris. J'ai eu la moitié du groupe brésilien, et quelques types de Tokyo. A part eux, je n'en sais rien. J'ai perdu le compte. Comment évaluer les choses quand on tire sur une foule en folie?

— Combien de balles avais-tu, sergent? demanda doucement Turrin.

— Six chargeurs de 44 Magnum, six de 9 mm. Parabellum, répondit Bolan d'une voix monocorde et automatique.

Turrin fit un rapide calcul et réprima un frisson involontaire. Bolan était un tireur hors pair et il était un radin fini avec ses munitions. Un homme mourait presque chaque fois qu'il tirait.

— C'était toi qui tirais sur les types qui étaient dans l'escalier de secours à l'extérieur?

— C'est là que j'ai coincé le groupe brésilien, confirme Bolan.

Il se dirigea vers le placard, prit une valise qu'il ouvrit, commença à remplir ses poches à munitions.

En silence Turrin le contempla un moment puis lui demanda :

— Qu'est-ce que tu vas faire?

— Continuer.

— Mais non, c'est fini. Terminé. Il faut battre en retraite maintenant. Tu n'as plus une seconde à perdre. Laisse les autres à la police.

— Ils sont trop forts pour se laisser faire par la police, dit Bolan d'une voix lasse. Ce sont des étrangers. Le pire qu'on puisse leur faire, c'est de les expulser du territoire canadien. Ils rigoleraient bien. Une fois qu'ils se seront refait un peu de courage, ils reviendront ou iront ailleurs pour recommencer le même numéro. Je ne veux pas leur en laisser l'occasion, Leo.

— Il y en a trop, sergent, fit Turrin d'une voix suppliante. Tu ne pourras pas porter assez de munitions.

Le grand homme en noir sourit avec lassitude.

— Calme-toi, je ne suis pas encore complètement fou. Je sais ce que je fais.

— Alors explique-moi.

— Combien de flics y a-t-il dans la rue? fit Bolan.

Il souriait toujours.

— On dirait plus d'un millier. Je n'en sais rien. Pourquoi?

— Les flics de Montréal sont armés, non?

— Bien sûr. Ils sont très bien équipés et...

— Si on leur tire dessus, ils riposteront, n'est-ce pas? Même s'il s'agit d'un étranger.

— Hé! Dis, tu débloques!

— Ils disposent d'un équipement moderne? Ils utilisent des gilets pare-balles et tout? Écoute, Leo, le but n'est pas de faire tuer une bande de flics. Mais je parie que ces types dehors savent exactement qui essaye de quitter cet hôtel. Je parie qu'ils n'aimeraient rien de mieux que de descendre ces salopards qui sont venus dans le but unique de s'accaparer cette ville. Il ne leur faut plus qu'une excuse, non?

— Et tu vas la leur fournir?

— Non. Ce sont ces fumiers eux-mêmes qui vont la leur fournir. Moi, je vais seulement leur donner la motivation en les poussant dans le dos.

— Avec deux fois six chargeurs, hein?

Bolan se leva, vérifia ses poches à munitions.

— Deux fois six, oui. Mais je n'utiliserai plus que du 44.

Turrin poussa un soupir, l'accompagna jusqu'à la porte.

— Tu es complètement sonné, mon vieux, fit-il doucement. Mais vide donc un chargeur pour ton copain Leo, d'accord?

Le sourire de Bolan s'élargit d'un poil.

— Promis. Où seras-tu, Leo?

— Sur le toit. Je ne voudrais manquer le spectacle pour rien au monde.

Le grand homme en noir lui souriait toujours lorsque Turrin sortit dans le couloir puis referma la porte.

Quelle drôle d'idée, se dit-il. Les pousser par-derrière, les obliger à essayer de quitter l'hôtel par la force des armes.

Si seulement Brognola parvenait à contenir les policiers quelques minutes de plus, et si Bolan s'arrangeait pour se faire encore un peu plus menaçant...

Oui, les mafiosi seraient tout à fait capables de sortir en tirant.

Il ne leur resterait que cette solution.

Bolan leur arrivait dessus comme un boulet de canon.

Il ne leur restait que la fuite.

CHAPITRE XIX

Bolan était rassuré pour Turrin qui serait maintenant à l'abri — enfin, autant qu'il était possible de l'être dans ces circonstances. Peu importe ce qui arriverait maintenant, la couverture de Leo resterait intacte; du moins ne serait-elle pas compromise à cause de son association avec un certain Frank Ruggi. Même s'il survivait quelqu'un capable de leur attribuer un lien pas catholique, il était peu probable que quiconque associe Frank Ruggi et Mack Bolan.

Aussi il abandonnait Leo à ses propres ressources, comme toujours. La plupart du temps les deux amis ne se voyaient jamais. Ils se rencontraient en général au beau milieu d'une bataille, puis chacun repartait de son côté.

A présent Bolan se préparait à quitter

pour toujours la suite qu'il avait occupée comme Frank Ruggi. Il effaça toutes les empreintes digitales qu'il aurait pu laisser, retira tous les objets qui pourraient le lier à Frank Ruggi. Il continuerait ensuite le blitz en descendant vers le sous-sol, d'où il gagnerait les égouts de Montréal. Ensuite il filerait jusqu'à la caravane et quitterait définitivement le Canada.

Du moins, c'est ce qu'il pensait.

Il se tenait au centre de la chambre et jetait un regard circulaire autour de lui lorsqu'il vit se déplacer le faux panneau et apparaître le canon d'un pistolet mitrailleur.

Il braqua aussitôt le 44, mais il hésita une seconde en reconnaissant une silhouette familière.

La silhouette était celle de Betsy Gordon. Elle était vêtue comme les néo-terroristes américains et portait une combinaison de para noir. Des bandoulières se croisaient sur sa poitrine et le méchant petit PM était accroché à une corde passée autour de son cou. Elle n'avait pas l'air commode.

— *Fumier!* cracha-t-elle en fixant l'homme en noir qui était si las.

L'Auto-Mag était toujours braqué sur son petit chapeau de combattante sur lequel étaient brodées les lettres Q.L. au cœur d'un dessin d'épines.

Bolan la contempla froidement, mis le cran de sécurité, rangea son arme. Sa voix resta de glace lorsqu'il lui demanda :

— Tu es venue pour me tuer ou pour me regarder ?

— Je te regarde, Bolan, rétorqua-t-elle sur un ton identique. Et je n'aime pas du tout ce que je vois.

— Pousse-toi, Betsy. Je n'ai pas le temps de bavarder.

Le canon du PM s'inclina d'un poil, une rapide petite rafale découpa la moquette et le plancher à quelques centimètres des pieds de Bolan.

— Ça te plairait à travers les chevilles ? demanda-t-elle.

Elle tremblait de rage. Bolan connaissait cette sorte de fureur. Une folie croissante s'était emparée de la jeune fille. Il fallait faire très attention.

Il poussa un soupir, leva un peu les mains, paumes en avant.

— Pose ça, petite. Je ne veux pas me battre avec toi. Pourquoi m'en veux-tu ?

— Tu m'as dit de regarder, dit-elle méchamment. Bon, je regarde. Mais ce n'est pas un miroir que je vois, ce n'est pas le reflet de moi-même. Je vois un porc, un rat, un assassin. Je vais te couper les jambes, Superman. Ensuite on verra si tu arrives à te tirer en courant sur des moignons pourris.

Il s'esclaffa, lui dit :

— Tiens, j'ai l'impression que tu es en colère contre moi. Lorsque les femmes, au Viêt-nam, en veulent à leur homme, elles le réveillent avec un couteau sous les testicules.

— Ne me donne pas des idées ! grinça la jeune fille. Et qu'est-ce qui te fait croire que tu es mon homme ?

Il continua à rire tout doucement, se détendit, s'efforça d'adopter une attitude décontractée, de laisser aller ses muscles bandés. Il mit un pied en arrière, commença à se détourner d'elle puis lui bondit dessus, une main sur le PM, l'autre sur la gorge de la jeune fille. Il l'obligea à s'incliner en arrière sous son poids, la colonne vertébrale tendue à craquer.

Elle tenta de lui arracher les yeux, ses genoux essayèrent de lui cogner entre les jambes. En vain. Subitement elle cessa de se débattre, poussa un gémissement.

Bolan lui retira le PM, laissa la fille glisser sur la moquette. Puis il ôta le chargeur du

PM, l'empocha, posa l'arme sur une chaise, prit la fille dans ses bras, la porta sur le lit. Puis il prit une serviette humide et lui épongea le visage.

Betsy revint à elle. Elle ne fit aucune tentative pour reprendre le combat mais ses yeux brillaient encore d'un feu intérieur, ce qui rappelait à Bolan la furie qui l'animait quelques secondes auparavant.

— Pourquoi tout ça, Betsy? demanda-t-il.

— Traître! dit-elle.

— Je ne t'ai pas trahie, Betsy.

— Comment ça? Tu es venu à nous en ami, tu nous as demandé notre aide. On te l'a donnée sans hésiter mais tu nous as menti.

Il secoua la tête.

— Je ne vous ai pas menti.

— Tu nous as dit que tu allais passer la nuit ici ct quc tu allais repartir le lendemain. Tu ne nous as pas dit que tu allais déclencher une guerre, que la police envahirait la rue, qu'on nous enverrait la soldatesque d'Ottawa, que tu détruirais notre base de combat.

Bolan la fixa un moment, tendu. Puis il alla chercher le PM qu'il rechargea, engageant une balle dans la culasse. Il revint près du lit, posa l'arme près d'elle.

— C'est la seconde fois en vingt-quatre heures que je donne à quelqu'un de ton groupe l'occasion de me tuer, lui dit-il. Si tu crois réellement que j'ai été malhonnête avec toi, vas-y, descends-moi.

Elle ne fit aucun geste pour saisir l'arme. Leurs regards se rencontrèrent un instant — durs. Puis elle redevint la petite fille qu'il avait vue à leur première rencontre.

Il s'assit auprès d'elle, la prit dans ses bras, l'embrassa doucement. Mais elle lui rendit son baiser avec toute la passion et le désir d'une femme amoureuse.

Elle se mit à pleurer tout doucement et il la rassura. Lorsqu'elle se ressaisit un peu, elle lui dit :

— J'ai toujours su que ça se terminerait comme ça. J'ai envie de faire l'amour, pas la guerre.

— Il y a un moment pour chaque chose, dit-il en poussant un soupir.

Il se dégagea d'elle; le piège était trop tentant.

— Mais pour l'instant, c'est la guerre.

— Laissons tout tomber. Tout de suite. Maintenant. Partons d'ici sans jamais nous retourner.

— Est-ce donc si facile? demanda-t-il

doucement en la regardant dans les yeux.

— Je ne sais plus, gémit-elle. Je sais moins que jamais ce qu'il faut croire.

— C'est un défaut courant dans la profession, marmonna-t-il. Il y a tant de questions et si peu de réponses. Je suis désolé si je vous ai fait du mal. Il faut me croire : je n'en avais pas l'intention. Si ça peut te rassurer, l'immeuble n'est pas en feu, et je ne crois pas que j'aie trahi un seul de vos secrets. Mais pour te dire la vérité, j'aimerais mieux voir tout ça...

Il fit un geste global pour désigner l'ensemble du bâtiment.

— ... j'aimerais mieux voir le tout disparaître en fumée. Je crois comprendre ce que le Q.L. projette de faire dans cet hôtel. C'est une mauvaise stratégie, Betsy. Elle se retournera contre vous et vous détruira.

Elle récupéra alors un peu de sa fougue idéologique, comme s'il lui avait lancé un défi. Elle se redressa, s'assit sur le lit, fustigea Bolan du regard, puis baissa les yeux.

— Encore le coup du miroir? demanda-t-il.

— Oui, je crois, fit-elle d'une voix désespérée.

— Betsy, essaye de comprendre. Je ne suis pas un terroriste. Je ne file pas à travers Central Park en tirant sur les passants juste pour protester contre le crime dans les rues. Je suis un soldat qui se bat contre d'autres soldats. La guerre que je fais est une guerre réelle. La tienne l'est-elle?

— Nous pensons que oui.

— Avec des étendards, le tambour et la trompette? En avant, chargez!

Il secoua la tête.

— Non. Tu m'as regardé il y a quelques minutes et tu t'es vue à travers moi. Tu m'as accusé de meurtre mais c'était toi que tu accusais. Cet immeuble...

Il fit un geste englobant tout l'édifice.

— Cet amalgame de boyaux, cette espèce de labyrinthe incroyable, est-ce vraiment pour faire la guerre? Ou est-ce pour mener à bien des activités terroristes? Vas-tu te battre contre les soldats de la Reine dans cet hôtel?

— Si on y est obligés, oui, dit-elle sur la défensive.

— Non, fit-il. Ce n'est pas votre objectif, et tu n'en doutes pas une seconde. Comme a dit Bosquet : « C'est magnifique, mais ce n'est pas la guerre ». C'est une espèce de tuerie. Tu ne peux pas affronter les soldats de la Couronne. Alors tu te trouves un ersatz. Tu te trouves un ennemi de paille que tu pourras abasourdir de coups sans risquer d'en prendre à ton tour. Tu attaques ceux qui ne sont pas *ton* ennemi, Betsy, parce que c'est plus confortable.

— Lorsque la cause est juste, dit-elle, une certaine souffrance est acceptable.

— Certainement, mais qui doit souffrir? C'est le défaut de la plupart des mouvements terroristes. Il n'y a pas de bravoure à assassiner des innocents, à faire des victimes parmi ceux qui n'ont rien à dire avant, et qui ne peuvent rien dire après. C'est une fausse guerre que je ne peux pas respecter. Toi non plus. C'est ce qui t'agace. C'est ce qui te rend perplexe, et c'est pour ça que tu ne cesses de te poser des questions plutôt que de répondre ne fût-ce qu'une fois.

— Nous avons tous accepté de mourir pour notre cause, dit-elle avec défiance.

— Et alors? Cette décision en fait une guerre sainte? C'est faux cul. On décide seulement de mourir pour une cause quand on se trouve du mauvais côté d'un pistolet. Pourquoi ne pas faire comme les bouddhistes? Épargnez les masses innocentes. Installez-vous sur la place de l'Hôtel de ville, asseyez-vous en tailleur, arrosez-vous d'essence, et craquez une allumette. C'est un acte que je peux respecter. Mais pas ce que vous faites. Vous aviez l'intention d'attendre que des personnages internationaux soient descendus à l'hôtel, puis de les enlever. Mais les truands sont venus avant. Ce labyrinthe est parfait pour une guerre comme la mienne. Mais il est monstrueux pour ce que vous comptez en faire.

La jeune fille fixait le pistolet-mitrailleur de nouveau, comme si elle allait le ramasser après tout et balancer une rafale définitive.

— Tu ne trouves pas? insista Bolan.

— Des hommes et des femmes courageux, murmura-t-elle. Des armes automatiques et des grenades...

— Il faudra trouver une autre solution, un autre système, dit Bolan. Vous ne bâtirez jamais rien de bien si vous commencez par massacrer des innocents.

— Je suppose que tu as raison, chuchota-t-elle.

— En attendant, moi, j'ai une autre guerre que je dois continuer à faire. Sois gentille, Betsy. Fiche le camp.

Elle lui fit un petit sourire.

— J'essaierai de convaincre mes amis, dit-elle. Mais je ne promets rien. Ils ont l'intention de terroriser le monde, de faire pression politiquement afin d'obtenir l'indépendance du Québec. C'est un beau rêve. Je doute qu'une seule voix soit entendue parmi les clameurs.

Elle poussa un soupir.

— Mais j'essaierai.

— Tu seras peut-être étonnée, dit Bolan en ajustant son harnachement de combat. Tu pourrais découvrir qu'il y a d'autres voix qui attendent que la tienne leur indique le chemin à suivre.

Il lui sourit brusquement.

— Tu arrives à te faire écouter quand tu veux, ma petite. J'ai bien cru que ma guerre à moi allait se terminer il y a quelques minutes.

Elle baissa ses yeux extraordinaires, murmura :

— Je suis désolée. Cette situation est si ridicule. Te voilà, armé jusqu'aux dents, et tu me sermonnes sur la paix.

— C'est un monde fou, fou, fou.

— Sans doute.

Mais la folie n'avait pas encore atteint son point culminant. Il fallut attendre encore deux secondes.

André Chebleu et deux autres types, tous vêtus comme la jeune fille, entrèrent dans la chambre par le passage secret.

L'Exécuteur et l'agent triple se regardèrent un moment, puis le Canadien dit :

— Il faut que vous partiez tout de suite. Votre rôle est terminé ici.

— Pas tout à fait, dit Bolan. Il reste un petit problème à résoudre quelque cinq étages plus bas.

— Vous ne pouvez pas descendre par là, insista Chebleu. L'armée occupe les tunnels.

— Laquelle? demanda Bolan.

— Pas le Q.L., répondit le Canadien. Mais les troupes d'assaut de la nouvelle république de la Mafia.

— Qui mène cette armée?

Le frère de Georgette lui sourit.

— Un certain Leblanc, alias Chebleu. Votre rôle se termine, le mien commence. Laissez-moi la voie libre, mon ami.

Bolan avait déjà pris sa décision. Il acquiesça et dit au Canadien :

— La voie est libre.

Betsy Gordon quitta lestement le lit, posa de rapides questions à Chebleu en joual. Chebleu lui répondit dans cette langue, et Bolan resta dans le noir, à part quelques mots ici et là.

Apparemment Chebleu avait enrôlé la majorité du Q.L. pour une nouvelle cause.

La fille saisit son PM, s'adressa à Bolan.

— Voilà ! Votre réponse devient maintenant la mienne. Maintenant je peux faire la guerre.

Chebleu fixa Bolan avec un regard peiné. En silence il posa une question et reçut une réponse muette.

— C'est un bon soldat, dit Chebleu en parlant d'elle. L'accepterez-vous comme guide pour vous accompagner jusqu'à la frontière ?

Bolan regarda la fille juste avant de répondre. Il savait que Chebleu ne voulait pas qu'elle vienne dans les tunnels.

— Elle serait sûrement plus en sûreté avec vous, André. Mais j'aurai besoin de quelqu'un pour protéger mes arrières, c'est évident. Si vous pouvez me la prêter momentanément, je l'emmènerai avec moi pour un bout de chemin.

La fille était indiscutablement déchirée par deux motivations différentes.

— Mais je... je...

— Vous avez prévu une voie de retraite, comme toujours, je présume ? dit le Canadien.

— Comme toujours, répliqua Bolan.

— Mais attendez ! s'écria la jeune fille. Je...

— Tu as entendu, dit sèchement Chebleu. Tu protégeras les arrières de notre ami.

Chebleu et ses deux hommes s'engouffrèrent aussitôt dans le passage secret, abandonnant Bolan et son nouvel allié à eux-mêmes. De nouveaux rapports allaient se créer.

Bien sûr, comme toujours, Bolan avait prévu deux façons de battre en retraite. Même si parfois il fallait se découper un passage à travers une foule en folie.

Il prit la jeune fille par le bras, lui dit :

— Prépare tes armes et prépare-toi. Tu vas avoir la réponse que tu attendais.

Elle rejeta ses cheveux en arrière.

— Je l'attends de pied ferme, fit-elle.

CHAPITRE XX

Mack Bolan dit à Betsy Gordon de monter jusqu'au toit par le puits vertical. Puis il sortit de la chambre, longea le couloir jusqu'à la porte de la cage d'escalier.

Il n'y avait âme qui vive au cinquième étage, à part Bolan lui-même. Un étrange silence planait sur le couloir vide. Mais lorsqu'il ouvrit la porte, il entendit s'élever les clameurs de la foule paniquée, et il sut que le moment était venu de leur donner un petit coup de pouce dans le dos.

Il entendit toutes les langues du monde. Les mots ne lui parvenaient pas toujours clairement, mais les sentiments étaient facilement reconnaissables. Les types en bas étaient furieux, querelleurs, effrayés et méfiants tout à la fois. Les jurons et les mots obscènes fusaient. Une véritable odeur de trouille se dégageait du ramassis de truands et montait jusqu'à lui dans la cage d'escalier.

C'était faire la guerre comme l'aimait Mack Bolan.

L'ennemi n'était que racaille, mais une racaille composée de soldats en armes qui avaient passé leur vie à faire du mal à autrui. Comme la plupart des lâches, ils n'étaient jamais prêts à subir les conséquences de leurs actes. Ils pouvaient rendre le feu de Bolan, mais ils n'avaient pas eu l'habitude de tirer sur quelqu'un qui les décimait avec une rapidité et une sûreté sans égales. Ils n'avaient affronté qu'un ennemi de remplacement.

C'était le problème essentiel du monde actuel, de la société.

Se laisser remplacer ou représenter par des tiers. Un flic était un substitut, ainsi qu'un juge, un législateur, un pasteur, un prêtre ou un rabbin. Il semblait que tout le monde voulait se faire représenter par un tiers.

Dans la plupart des litiges, un homme pouvait s'en tirer en faisant appel à son sens de la justice et régler ses propres affaires. Mais si ce même homme devait faire face à un abominable sauvage pour qui tous les coups étaient permis, il appelait tout de suite la police.

Si les sauvages savaient que tous les hommes civilisés n'hésiteraient pas à faire justice eux-mêmes et à attaquer aussitôt celui ou ceux qui avaient transgressé son bon droit, les jours des sauvages seraient limités.

Mack Bolan croyait profondément à cette théorie; c'était celle qui le poussait à continuer à se battre. Il était lui aussi une espèce de remplacement; il était le Jugement Dernier sur Terre. Il était venu à Montréal pour attaquer à grands coups, et il était sûr que tous ceux qui en recevraient, partiraient vers d'autres pâturages.

Il descendit rapidement l'escalier, cassant toutes les ampoules sur son passage avec la crosse de l'Auto-Mag, plongeant la cage d'escalier dans le noir. Enfin il s'immobilisa juste au-dessus de la mêlée.

Le problème était évident.

Il n'y avait plus un centimètre carré disponible.

Le hall était plein d'une humanité effrayée et effrayante. Les premiers étaient coincés contre les baies vitrées du rez-de-chaussée par la poussée de ceux qui arrivaient en dernier et qui continuaient à pousser comme des bœufs à l'abattoir. La foule remontait jusqu'à mi-hauteur de l'escalier du premier étage.

De sa place près de la balustrade du deuxième étage, Bolan pouvait aisément voir la foule compacte dans le hall et les policiers dans la rue. Des voitures de patrouille, des paniers à salade, et des camions anti-manifestations y étaient garés. Un haut-parleur tonitruait :

— Restez calmes ! Il n'y a aucun danger ! L'hôtel est placé sous quarantaine !

Bolan ne put s'empêcher de sourire. En effet, on avait isolé la pire des maladies actuelles : le crime organisé.

Les types dans le hall ne croyaient pas une seconde qu'il n'y avait aucun danger. Après tout, l'hôtel était en feu puisqu'il y avait des pompiers dehors, et un dingue se baladait dans les étages supérieurs, armé jusqu'aux dents, en abattant tout ce qui bougeait.

Bolan jugea la situation en un clin d'œil. Il commença à tirer aussitôt. Un gros type chauve fut le premier à encaisser, son crâne rose explosant au milieu de la foule, sa cervelle giclant sur ses voisins. L'homme qui se tenait à côté de lui et qui avait reçu une bonne moitié de son cervelet en plein visage, leva la tête et vit une apparition en noir. Il leva la main pour se protéger le visage. La balle lui arracha les doigts, entra dans sa tête par une oreille.

Il n'y avait même pas assez de place pour que les morts tombent par terre. Ils restaient debout, soutenus par la foule, leurs corps sans tête portant témoignage de la mort qui s'abattait sur tous.

Bolan restait calmement sur place au deuxième, continuant à tirer sur la foule avec une précision implacable et diabolique. D'en dessous on ripostait, mais personne ne savait où tirer ni sur qui. Fous de terreur, les mafiosi ne savaient plus s'ils tiraient sur ami ou ennemi.

A vrai dire, aucun de ces hommes n'avait un véritable ami en ce monde. Ils n'étaient plus que des bêtes enragées qui fonçaient furieusement vers la mort.

Les baies vitrées cédèrent sous leur poussée, la cohue se déversa dans la rue. Ils agitèrent leurs armes, tirèrent sur n'importe qui. La riposte ne se fit pas attendre, comme l'avait prévu Bolan, et les résultats furent sanglants.

Il rangea son arme et battit en retraite.

La Conférence de Montréal resterait, pour la Mafia, la plus sanglante des défaites.

Mack Bolan n'avait pas de regrets. Il savait que, tant qu'il vivrait, la Mafia réfléchirait à deux fois avant de réorganiser une autre rencontre de la même envergure.

Il ne plaignait aucunement ses victimes.

— Qu'ils se bouffent entre eux, marmonna-t-il en remontant vers le toit par le puits vertical.

Mais l'aventure n'était pas encore terminée. Il fallait quitter les lieux, et il espérait que ce n'était pas trop tard.

*
* *

Elle l'attendait au sommet du conduit, une petite silhouette recroquevillée en uniforme de guérillero.

— Je commençais à m'inquiéter, dit-elle. Les coups de feu semblaient se rapprocher.

— On tire dans la rue, dit Bolan. C'est un camouflage idéal. Allons-y.

Il l'emmena dehors sur la terrasse, tint la porte secrète pour sa jeune coéquipière.

— Reste derrière moi, un peu à ma gauche, lui dit-il doucement. Tire pas sans que je t'en ai donné l'ordre, et dis-moi sur quoi tu tires. Compris?

Elle acquiesça, se mit en place comme il le lui avait dit.

Bolan quitta l'ombre près du mur, commença à traverser la terrasse en cherchant Leo Turrin du regard.

Il trouva d'abord Joe Staccio.

Son cadavre nu était allongé sur la pelouse artificielle, surmonté d'une petite montagne de glaçons. La jeune fille poussa une exclamation de surprise en voyant le mort, mais ce n'était pas la peine de la faire taire.

Deux mètres plus loin, Leo Turrin se tenait à côté d'un palmier.

Il avait le canon d'un gros pistolet collé à la nuque. Le pistolet était celui de Al DeChristi.

C'était une de ces rencontres qui arrivent au moment le moins attendu — le temps s'arrêta.

Le monde parut s'immobiliser aussi. Plus rien n'existait sauf le présent. Cela arriva presque toujours au cours d'une campagne, mais il n'y a aucun moyen de prévoir quand.

DeChristi commença à caqueter comme un dément.

— Ne te laisse pas faire, sergent. Dégomme-le.

Bolan savait que Turrin essayait de lui dire qu'il était un homme mort de toute façon, et que lui, Bolan, devait sauver sa peau.

Mais il connaissait aussi la mentalité des hommes comme DeChristi. Bons et loyaux serviteurs jusqu'à la fin. Bolan avait toujours eu une sorte de respect pour les hommes comme Al DeChristi, bien qu'ils ne méritassent pas plus son respect qu'un oiseau sachant voler.

Bolan bougeant à peine les lèvres, dit à la jeune fille :

— Tire sur le mort.

Sitôt dit, sitôt fait. Le petit PM aboya cruellement, les glaçons s'égayèrent à travers toute la terrasse, et le mort faillit se relever sous l'impact des balles.

Horrifié, DeChristi détourna la tête un instant, ce qui lui fut fatal. Turrin plongea sur le sol et commença à rouler et le gros 44 tonna.

La balle fit retourner le petit homme comme une poupée de son. Il partit s'écrouler près du cadavre glacé de son patron.

— Joli, gronda Turrin en se relevant. Très joli.

Il jeta un bref coup d'œil sur la fille qui tenait le PM, mais Bolan n'avait pas le temps de lui expliquer les circonstances.

Plusieurs hommes accouraient, venant du mur sud, les seuls qui restaient sur le toit. Ils avaient été occupés par le massacre dans la rue, mais ils avaient aussi entendu la rafale du PM malgré le vacarme qui s'élevait d'en bas. Ils arrivèrent au galop.

— Il n'y en a que trois, dit Turrin à Bolan. On en prend un chacun.

— Non, nous le ferons. Occupe-toi de faire venir l'hélicoptère.

Turrin agita la tête, se dégagea en fouillant

dans sa poche pour trouver son émetteur.

Bolan jeta un regard d'encouragement à la jeune fille puis lui dit :

— Je vais partir au centre et à droite. Occupe-toi de tout ce qui m'arrive sur la gauche.

Elle avait peur, c'était évident, mais c'était la trouille du jeune soldat, du bleu, qui craint moins l'ennemi que ses propres réactions.

La peur de Bolan était celle d'un professionnel. Il savait que la vie dépendait d'un millième de seconde. Un faux pas, la guerre serait finie.

La mort est la dernière réponse.

Il fallait que la jeune fille l'apprenne — tout comme Bolan l'avait appris.

Il descendit les marches qui menaient sur la terrasse, allant à la rencontre de ses adversaires. La fille le suivit silencieusement, comme une ombre.

Les trois hommes n'avaient pas l'intention de prendre des risques. Ils s'étaient séparés et arrivaient par trois chemins différents.

Bolan trouva une position et poussa la fille à l'abri du palmier.

— Attends qu'ils soient près du mur, chuchota-t-il.

Elle acquiesça, serra son arme.

Bolan lui lança un sourire. Elle essaya de le

lui rendre. Son petit rictus fut très bref.

Le premier type à se dévoiler se montra dans la zone qui était allouée à la jeune fille. Le type se glissa par-dessus le muret, se dissimula à l'ombre en moins d'une seconde. Bolan vit Betsy le braquer, dresser son arme une seconde trop tard. Elle se garda d'appuyer sur la détente, et Bolan lui donna une accolade morale.

Les deux autres suivirent presque aussitôt. Le premier sur la droite, le second au centre — ce dernier portait un fusil et passa plus difficilement par-dessus le petit mur.

Bolan toucha le premier sur la droite tandis qu'il tombait à l'ombre. Sa balle était mal placée. L'homme s'écroula en gargouillant atrocement, se débattit au sol avec beaucoup de bruit. La seconde balle arracha un gros éclat de ciment à l'endroit où l'homme au fusil venait de passer.

Les deux survivants s'étaient accroupis à l'ombre du mur et du toit, sans aucune protection devant eux, sinon l'obscurité. Ils savaient parfaitement qu'ils étaient exposés, mais il n'y avait pas d'autre endroit où aller.

Bolan tourna légèrement la tête, les yeux restant fixés sur l'ombre près du mur.

— Tu les as vus? gronda-t-il tout doucement.

— Plus ou moins, fit-elle d'une voix peu rassurée.

— Tue-les!

Il sentit son hésitation, répéta l'ordre avec sauvagerie :

— Tue-les!

L'automatique aboya aussitôt, dessinant un huit de gauche à droite. L'homme au fusil se dressa à l'instant où la rafale arrivait sur lui, le fusil calé contre son épaule.

L'Auto-Mag tonna deux fois, éclipsant les claquements incessants du PM. Le fusil se déchargea en direction de la lune, le tireur fut violemment projeté contre le mur, et à cet instant la rafale du PM l'atteignit en pleine poitrine, le cloua au mur pendant plusieurs secondes tandis que son sang giclait abondamment d'une douzaine de blessures.

Bolan avança pour vérifier les résultats. Il lui fallut tirer une dernière balle dans celui qui était tombé le premier. L'homme au centre était mort, celui sur la gauche vivait toujours mais se noyait dans son propre sang.

Betsy s'était effondrée sur place, un genou au sol, le canon de son arme sur le ciment de la terrasse.

Bolan revint à elle, lui dit froidement :

— Termine le travail.

— Q...quoi? bredouilla-t-elle.

— Ton homme souffre, termine-le.

Elle parut rétrécir.

Il la prit par le bras, l'emmena jusqu'au mourant. Celui-ci avait les yeux ouverts. Il paraissait supplier tandis qu'il s'efforçait de respirer, crachant continuellement une mousse rougeâtre, les lèvres couvertes de sang.

— Vas-y! ordonna Bolan.

Elle ne pouvait pas.

L'Auto-Mag s'acquitta de la tâche, puis Bolan mit un bras autour de la jeune fille, l'emmena sur la partie dégagée de la terrasse.

Il n'y avait aucun besoin de parler, et ils attendirent en silence que Turrin vienne les rejoindre.

— En route, dit le petit homme de Pittsfield.

Il examina la jeune fille du regard.

— Jusqu'où va cette jeune femme?

— Jusqu'où elle aura envie d'aller, répondit doucement Bolan.

— Je lui conseille d'aller très, très loin, dit Turrin. Il y a eu un massacre en bas. Les flics envahissent l'immeuble en ce moment.

Betsy regarda Bolan d'un air inquiet.

— Tu n'as pas entendu parler d'une autre bataille? demanda Bolan.

Le *sotto-capo* secoua la tête.

— Je ne vois pas de quoi tu parles.

— Donc il n'y a pas encore de nouvelles, dit Bolan pour rassurer Betsy.

Il expliqua à Turrin :

— La bataille pour le Québec. Chebleu conduit une armée contre les mafiosi du Québec.

— Je n'étais pas au courant, dit Turrin.

— Tu en entendras parler, lui promit Bolan.

Un bruit de pales se fit entendre dans la nuit.

— Bonne chance, sergent, dit Turrin.

— Tu ne viens pas avec nous ?

Le petit homme sourit et secoua la tête.

— Ça aurait l'air de quoi ? Non. Mes avocats me sortiront de taule avant qu'on ait eu le temps de verrouiller la porte. Je vais attendre les flics dans le confort de l'appartement. Pense donc à toutes les histoires que j'aurai à raconter en rentrant à New York.

Bolan lui sourit, le serra dans ses bras.

— Fais mes amitiés à Hal, gronda-t-il d'une voix émue.

— Sans faute. Il va avoir besoin de tous ses amis. Il a pris de gros risques, il va se faire sérieusement engueuler.

Bolan regarda la fille. Elle ne les avait pas

écoutés, elle fixait le mur où elle avait tué son premier homme.

L'hélicoptère se posa sur la terrasse.

Tous trois s'en approchèrent d'un pas tranquille. Ils tendirent la main au pilote, et Turrin lui glissa un mot à l'oreille puis s'éloigna.

L'hélicoptère s'éleva, quitta la terrasse de l'hôtel qui n'était plus qu'un mausolée.

La fille fondit dans les bras de Bolan, colla son petit visage froid contre son cou. Elle approcha les lèvres de son oreille, chuchota :

— C'est un cauchemar.

Évidemment, se dit Bolan. Il commença à se détendre.

C'était un cauchemar éternel, mais c'était aussi la guerre.

ÉPILOGUE

L'hélicoptère les déposa à deux minutes de marche de la caravane. Ils ne tardèrent pas à gagner le domicile roulant de Bolan et à s'éloigner de Montréal.

Bolan s'était mis un jean, une chemise de flanelle et un vieux chapeau de pêcheur sur la tête. Il avait rangé toutes ses armes.

Betsy ne portait qu'une chemise de Bolan, mais cela lui allait comme une mini-jupe, et l'effet n'était pas le moins du monde déplaisant.

Il brancha la radio sur la fréquence utilisée par la police canadienne et prit le chemin de Bois des Filion.

Betsy était ébahie par la caravane et son incroyable équipement, plus particulièrement par son confort.

Elle s'installa près de Bolan, écouta le flot incessant de renseignements. Elle s'était rapidement remise du choc qu'elle avait reçu sur le toit de l'hôtel. Elle avait perdu sa pâleur, et ses beaux yeux recommençaient à briller joyeusement.

— Où allons-nous? demanda-t-elle.

— Moi, je vais me diriger vers la nouvelle zone de combat, dit Bolan. Et toi?

Elle lui sourit, un peu gênée.

— Merci, non. Il doit y avoir un autre moyen. Pour moi en tout cas.

Bolan la rassura sur ce point puis lui dit :

— Je vais passer quelques jours de ce côté de la frontière, attendre que les choses soient revenues au calme. Quelques jours dans la forêt à faire un peu de pêche et en profiter pour beaucoup dormir.

Elle sourit en l'écoutant.

— Pas de chasse?

Il leva les yeux au Ciel.

— Quelle horreur! fit-il en riant. Mais qu'est-ce que tu vas faire maintenant? Je veux dire, tout de suite.

Elle examina la paume de ses mains.

— Tu sais, je ne sais pas du tout. Je suppose que je devrais rentrer à Montréal pour aider André.

— Tu peux laisser tomber, lui dit Bolan en revenant à un ton sérieux. Il n'y aura pas de révolution au Québec.

— Je le sais, fit-elle d'une petite voix.

— Tu savais pour André? Qu'il menait plusieurs existences à la fois?

Elle opina.

— Je savais que c'était un agent double. J'ai toujours su qu'il lui faudrait un jour faire son choix. Je continuais à espérer que ce serait en notre faveur.

Elle haussa les épaules, sourit.

— En fait, c'est sûrement mieux pour nous. Ce labeur sera plus long, c'est tout.

— Mais le succès n'en sera que plus durable, dit Bolan.

— Oui, tu as raison.

— Tu veux venir à la pêche avec moi?

Elle gloussa de rire comme une petite fille.

— Bien sûr. Pourquoi pas?

Bolan la serra contre lui.

— Bienvenue à bord.

— Tu... heu... tu as dit que tu voulais faire de la pêche et...

— Ah oui.

— Et...?

— Ah, les questions, toujours les questions!

Elle se remit à rire. Bolan commençait à énormément apprécier son rire.

— Je parie que tu as une réponse à me donner, dit-elle.

— J'en connais une en tout cas, dit Bolan.

— Je m'en contenterai.

Bolan aussi. Pour un temps.

Mais il y avait d'autres questions qui rôdaient dans la nuit, des questions sauvages auxquelles seul l'Exécuteur savait répondre.

Une partie de pêche et un peu d'amour en compagnie d'une jeune fille qui avait rapidement grandi, puis ce serait le retour à la guerre.

Que demander de plus?

LE COMMANDO DU COLORADO

La Cadillac démolie fumait encore lorsque Bolan arrêta la caravane et en descendit.

Deux hommes en sortirent à quatre pattes, sonnés et couverts de sang. L'un d'eux leva un pistolet qu'il agita faiblement devant Bolan.

S'éloignant de la caravane d'un pas rapide, Bolan tira de la hanche avec le gros Auto-Mag .44, et vit exploser le crâne du blessé. L'autre type était Jingo Morelli, un homme de Cleveland.

— Fais ta prière, Jingo, lui conseilla froidement Bolan.

Morelli était moins sonné qu'il n'en avait l'air. Il retomba sur le dos, regarda Bolan avec des yeux de supplicié.

— Hé, dites, Bolan, ne me faites pas ça...

Bolan laissa tomber une médaille de tireur d'élite sur sa poitrine puis lui dit :

— Donne-moi une seule raison pour ne pas tirer.

Les yeux de Morelli parurent s'exorbiter.

— Heu... n'importe quoi. Dites-moi ce qu'il faut faire. Je le ferai.

— Dis-moi le nom de ton chef.

— Oh, putain... Je n'en sais rien. Attendez ! Attendez ! Laissez-moi vous expliquer la situation ! Je...

— Je ne t'ai pas demandé une explication, dit Bolan avec une voix qui semblait sortir tout droit de l'enfer. Juste son nom, Jingo. C'est tout de suite ou jamais.

— Mais on ne l'a jamais vu, ce type ! Je vous le jure sur la tête de mes enfants ! Il ne fait pas partie de l'Organisation. Il n'est pas des nôtres !

Bolan le savait déjà depuis un certain temps, mais il voulait qu'on le lui confirme.

— C'est pas le moment de me raconter des sornettes, Jingo.

— Je vous le jure. C'est un particulier. Il nous vient de l'extérieur. Ces types sont les siens.

Jingo Morelli gesticula vers la ferraille de la Cadillac pour indiquer les cadavres qui fumaient encore à l'intérieur en dégageant une odeur de porc grillé.

— Alors que fais-tu ici ?

— Je suis conseiller technique. On est plusieurs. Il lui fallait des gars pour vous débusquer. Moi, je n'ai pas demandé qu'on me donne ce sale boulot. Je ne peux pas le sentir, ce... Mais dites, ce type est une sorte de tueur à gages. Il veut encaisser le million de dollars de prime qu'il y a sur votre tête. Pour le moment on lui donne juste ses frais. Il dispose de toute une armée qu'il a planquée quelque part dans les montagnes, Bolan. Je veux vraiment dire une armée ! Des armes modernes, des véhicules blindés, des troupes. On l'appelle le Général...

C'était plus qu'intéressant, et Bolan n'avait pas espéré en apprendre autant.

— A part ça, comment l'appelles-tu, Jingo ?

— Je vous jure que je ne connais pas son nom !

Bolan leva l'Auto-Mag, visa le front de Morelli qui ouvrit largement les yeux de terreur.

— Adieu, Jingo.

— OK, OK, soupira Morelli. Il a un nom de code : Trooper. C'est tout ce que je sais, je vous le jure. Je ne l'ai jamais vu, je ne connais personne qui l'ait vu. On reçoit nos ordres par radio. Il a une base secrète quelque part dans la montagne. Il dirige tout de là-haut.

— Alors qui dirigeait cette attaque?

— Mais *lui!* Par radio!

Bolan n'avait plus de temps à perdre, il avait déjà passé de longues minutes dans la zone.

— Dis-lui que je suis venu pour lui, Jingo. Dis-lui que j'ai reçu son message cinq sur cinq, et que je suis venu. Dis-lui!

ANNICK DE VILLIERS

VICTORIA

Dans un monde fait pour les hommes, Victoria veut trouver sa propre voie. Belle, dynamique et impulsive, elle se jette à corps perdu dans son nouveau métier : grand reporter. Elle y rencontrera la passion, l'aventure et aussi le danger. Romantique, moderne et femme avant tout, Victoria vous entraînera à sa suite autour du monde.

Chez votre libraire :

1 - Victoria en Iran.
2 - L'Orchidée noire.

V

IMPRIMÉ EN FRANCE PAR BRODARD ET TAUPIN
7, bd Romain-Rolland - Montrouge.
Usine de La Flèche, le 02-05-1979.
1958-5 - N° d'Editeur 10522, 2e trimestre 1979.